怪獣男爵

横溝正史

角川文庫
23412

目次

男爵島の怪

瀬戸内海の真ん中に、男爵島(だんしゃくとう)というはなれ小島がある。

周囲約四キロ、全島が赤松におおわれた小島だが、島の中ほどの小高い丘の上に、世にもふしぎな建物がたっている。

建物の一部にとんがり屋根の塔があり、おまけに建物全体、まわりにひろい堀(ほり)をめぐらせて、はね橋のかかっているところは、まるで西洋のお城のようである。

雨の日、風の日、そしてまた、あした夕べのお天気ぐあいで、そのお城はなんというさまざまな感じを、見る人にあたえることだろうか。

あるときは見るからに堂々として、いまにも勇ましいラッパの音でも聞こえそうな気がするかと思うと、あるときはまた、見ているうちに背筋がゾーッと寒くなるような、陰気な感じにおそわれることもある。

もしきみたちがこの島のほとりを舟でいかれたら、いったいだれがあんなところに、あんな奇妙なお城をたてたのだろうと、ふしぎに思われるにちがいない。

そうだ。そしてそのことこそ、わたしがこれからお話ししようという、世にも奇怪な物語なのだ。諸君、聞きたまえ。男爵島にまつわる奇々怪々なこの物語を……。

それは夏休みもおわりにちかい、八月二十九日のひるすぎのこと、男爵島の沖合を、一艘のヨットが走っていた。

舵をにぎっているのは二十二、三歳の、たくましい肉づきをした青年だが、このほかにもうふたり、かわいい少年が乗っている。ひとりはりりしい、りこうそうな顔をした少年で、年は十五、六歳だろう。いまひとりは十二、三歳、いくらかおどけた顔をした少年である。

三人とも黒ん坊のように日焼けしたからだに海水パンツ一枚、歌をうたったり、双眼鏡をのぞいたり、快走するヨットにすっかりはしゃいでいたが、そのうちに一番小さい少年が、けたたましい叫び声をあげた。

「やあ、史郎くん、向こうにへんな島が見えるよ。ほらほら、あの島、妙なお家がたっているだろう。あれ、いったいなんだろう」

「あっ、ほんとうだ。まるで西洋のお城みたいだ。宇佐美さん、あれ、なんという島？」

声をかけられてふりかえったのは、舵をにぎった青年だ。

「あれがすなわち男爵島さ」

「男爵島？　男爵島ってなんのこと？」

「太ア坊は知らないかな。ほら、古柳男爵の島のことさ」

「古柳男爵……？　なんだか聞いたような気がするなあ」

史郎くんと呼ばれた少年も首をかしげた。

「あれ、史郎ちゃんも知らないのかい。きみのおとうさんとは深い関係があるんだぜ」

「おじさんと……？　すると宇佐美さん、その人、えらい人なんだね」

太ア坊はからだを乗り出した。

「うん、とても有名な人だったよ。しかし、きみたちが知らないのもむりはないかもしれん。あれからもう三年たっているからね。あのときは新聞が書き立てて、たいへんな騒ぎだった」

「いったい、どうしたの、その人が……？」

太ア坊はもう好奇心のかたまりである。目玉をくりくりさせているところは、まるで黒ん坊にそっくりだ。

「よし、それじゃヨットをここらへ浮かべておいて、これからその話をしてあげようか。男爵島も向こうに見えるし、古柳荘も目の前にそびえている。古柳荘というのがお城の名まえだよ。してみればここは、あの話をするのにおあつらえの場所かも知れない」

青年はそういって、舵をにぎったままふたりのほうへ向きなおったが、ここでひととおり三人のことを説明しておこう。

史郎は苗字を小山田（おやまだ）といって、おとうさんの小山田博士は、日本でも有名な、物理学者である。史郎は今年十五歳、中学校の三年だが、この春かるい肺炎をわずらった。そこで夏のうちに、元気なからだになっておかなければというおとうさんの注意で、やってきたのが岡山県の海岸線にある、仙酔島（せんすいとう）という景色のよい島。ひとりではさびしかろうというので、いっしょにやってきたのが宇佐美恭助と太ア坊少年だ。

宇佐美恭助は大学の秀才で、柔道三段という猛者。小山田博士の親友の子供だが、両親が亡くなったので、博士がひきとってめんどうをみているのである。

太ア坊は本名太一というのだが、だれも太一などと、もっともらしく呼ぶ者はない。太ア坊でとおっている。サルのようにはしっこくて、たいへんあいきょうのある少年である。史郎のうちとは、親類つづきになっているが、これまた両親がないので、小山田博士がひきとって、養育しているのである。小山田博士という人は、たいへん親切な人で、若い者のめんどうをみるのが好きだった。

さて、仙酔島へやってきた三人は、毎日ノンキに海水浴をしたり、舟をこいだり、名所旧蹟をさぐったり、思うぞんぶん遊んだので、史郎もすっかり元気になった。

そこできょうは休暇のなごりに、少し遠出をしようということになって、恭助がとくいのヨットをあやつって、男爵島のほとりへやってきたのだが、これぞはからずも、世にも奇怪な大事件に、まきこまれるいとぐちになろうとは、神ならぬ身の知るよしもなかったのである。


「古柳男爵というのは、世界でも有名な生理学者だったそうだよ」

と、恭助が話しはじめた。

「生理学者といっても、太ア坊にはわからないかもしれないが、人間のからだのいろいろな働きをしらべる学問だ。古柳男爵はその生理学のなかでも、脳の生理、つまり頭脳の働きをしらべる学問では、世界でも五本の指におられるくらいの学者だった」

と、そこまで恭助が話してくると、史郎がハッと両手をうって、

「あっ、思い出したよ。あの古柳男爵……それじゃ三年前に……」

と、いいかけたが、急に暗い顔をして口をつぐんだ。

「そうそう、やっと思い出したね。それじゃこの話、もうやめにしようか」

恭助がそういうと、

「ダメだ、ダメだ、ずるいよ、ずるいよ。史郎くんは思い出しても、ぼくは知らないよ。宇佐美さん、古柳男爵がどうしたの」

と、太ア坊はヒョットコみたいに口をとんがらせてあとをせがんだ。どこまでも熱心である。史郎もそばからことばをそえて、

「宇佐美さん、ぼくも聞きたいんです。おとうさんはご自分のことはちっとも話してくださらないから、ぼくもくわしいことは知らないんです」

と、おちついた声で頼んだから、恭助もその気になって、またことばをついだ。

「そう、それじゃ話をしてあげようか。さて、古柳男爵だがね、いまいったとおりの大学者だから、もしその人が善人なら、日本の誇り、いや、世界の誇りといってもよいくらいの人だった。ところが残念なことにその人は……」

「悪い人だったの？」

「そうだ。悪いも悪いも大悪人だ。せっかくりっぱな学問をしながら、悪人とは情けないね。しかし、その話はあとまわしにして、まず、あの島のことから話していこう」

恭助は男爵島を指さしながら、

「もとあの島は、名さえハッキリしない無人島だったが、それを古柳男爵が買いとって、家をたてはじめたのは、いまから五年前のことなんだ。ぼくがいまいっている古柳男爵というのは、名まえを冬彦(ふゆひこ)といって、ほんとうは男爵になれる人ではなかった。冬彦には夏彦というにいさんがあって、この人が男爵家をついでいたんだが、五年前にその夏彦男爵が、急に亡くなったものだから、弟の冬彦が男爵になり、そしてにいさんの財産がすっかりころげこんできたものだ。そこでこの島を買いとり、ああいうお城みたいな家をたてたのだ」

恭助はそこでちょっと息をいれると、

「なにしろ、都会でも見られないような家を、こんな離れ小島にたてはじめたものだから、みんな珍しがって、遠くからわざわざ見物にくる者さえあったという。そしてだれいうとなくついた名まえが男爵島。なにしろそういうえらい学者の男爵さまがお見えになるというので、正直なまわりの島じまの人びとは、今日か明日かと男爵がひっこして来るのを待っていたが、さて、その日がくると、たいへんあてがはずれた。あてがはずれたばかりか、なんだか男爵という人が気味悪くなってきた……」

「どうして?　宇佐美さん、どうして男爵が気味悪くなったの?」

太ア坊は目をパチクリさせている。

「と、いうのは、ああいうりっぱな家だから、家族もさぞにぎやかなことだろうと思っていたところが、うつってきたのはたった三人、男爵と、男爵の助手の北島博士と、音丸三郎という使用人と……ところが、この音丸というのが、なんと身長一メートル三十センチばかりの子供のような背丈の小男なんだ」

「小男……？」

史郎も太ア坊も目をまるくした。

「そうだ。小男だ。だからみんな気味悪がってね。なんでもこの音丸というのは捨て子だったのを、古柳男爵がひろって育てあげたのだが、そういうからだだから人づきあいはできない。そのかわり、男爵にはじつに忠実で、男爵の命令ならなんでもきく。まるで、イヌみたいな男なんだ」

「それからもうひとりの、北島博士というのはどういう人なの」

太ア坊はあとを待ちかねてうながした。

「ああ、この人はたいへんりっぱな人でね。古柳男爵の学問を尊敬して、助手として働いていたのだが、なんでも男爵はその人を相手に、あのお城の中で、何か研究していたらしいという話だ」

「あんな不便なところで、いったい、なんの研究をしていたのでしょうね」

史郎がふしぎそうにたずねた。

「さあ、それがわからないのだよ。男爵は死んでしまうし、北島博士もそれについてはひとこともしゃべらないし……だから、その時分、漁師たちはいろんな想像をしてね、研究研究って、なんの研究かわかるもんか、きっとよくない研究にちがいないとか、男爵には何かうしろ暗いところがあるにちがいない、でなければ、あんな不便な島へひきこもるはずがないとか、かってなことをいってたそうだ。それというのが男爵という人が、見たところりっぱな人だが、たいへんいばった人でね。それに人とつきあうのがきらいとみえて、絶対に他人を島へよせつけない。まちがって漁師たちが、島へ上陸しようものなら、ものすごいけんまくで追っぱらう。そんなことから、みんな反感を持っていたのだが、そのうちに男爵島について、妙なうわさがたちはじめた」

「妙なうわさってどんなこと?」

太ア坊はもう好奇心のとりこである。手に汗をにぎって恭助の顔を見つめている。

「それが実に妙なことなんだ。あの島には男爵や北島博士、音丸という小男のほかに、もうひとり、いや一匹かもしれない。なんともえたいの知れない怪物がかくされているというんだ」

「怪物だって?」

これにはおちついた史郎も目を見はったが、三人とも、あまり話に夢中になっていたので、はるかかなたの水平線に、ポッツリ怪しい黒雲が現れたのに少しも気がつかなかった。

「えたいの知れない怪物だって？　宇佐美さん、それ、ほんとうのこと？」

太ア坊はもう好奇心にわくわくしながら、目をひからせ、小鼻をふくらし、はあはあ息をはずませている。

「うそかほんとか、それはぼくにもわからない。なんでもその時分、男爵島から、おりおり、なんともいえぬ恐ろしい叫び声が聞こえてきたというんだ。それはまるで野獣の叫びのようにものすごい声で、真夜中など、それがまわりの島々にひびきわたると、イヌというイヌが尻尾をたれて恐れおののくんだそうだ」

「へえ、気味が悪いな」

太ア坊は首すじをゾクゾクさせた。

「イヌにはわかるんですね。怪物の声が……」

史郎も息をはずませている。

「そうらしいんだ。そこで男爵島では何か恐ろしい動物を飼っているんだろうと、いよいよ男爵の評判が悪くなったのだが、そのうちにとうとう、怪物を見たというものが現れた」

「宇佐美さん、そして、その怪物というのはどんなやつなの」

「まあ、待て待て。おいおい話してあげるから。……さて、一番はじめにそれを見たというのは、となりの島の漁師だが、ある晩、男爵島のそばで夜釣りをしていた。その晩は、月のよい晩で、男爵島も昼のように明るかったというんだが、ほら、あそこに塔が立ってるだろう。あの塔の側面を、するする登っていくものがあるんだそうだ」

「宇佐美さん、それ、音丸じゃなかったのですか」

「いや、音丸じゃない。音丸は子供のような小男だが、そいつはかなりの大男なんだ。それに第一、塔の中にちゃんと階段がついてるんだから、音丸ならそんなところを登るはずがない。いや、登ろうたって、人間わざじゃできないはずだ。それにね、そいつ南方の土人みたいに、腰帯ひとつの赤裸だったそうだ」

「ふうん」

太ア坊はいよいよ小鼻をふくらませる。こわいもの見たさで、手に汗をにぎっているのである。

「それからそいつ塔のてっぺんまで登ると、それでもまだ満足できなかったのか、こんどは屋根の上へはいあがり、ほら、あそこに避雷針が立っているだろう。あいつをつかまえて、ユッサユッサとゆすぶりながら、ウォーッと一声叫んだというんだが、そのとたん、月の光でハッキリ見えた顔というのが……」

「顔というのが……」

「むろん人間ではない。と、いってサルでもない。いわばゴリラと人間の合いの子みたいな怪物だったというんだよ」

「ゴリラと人間の合いの子！」

太ア坊と史郎は思わず顔を見合わせた。

「宇佐美さん、そんな動物がほんとうにいるんでしょうか」

「さあ、それはよくわからない。しかし、そういう怪物を見たのは、その漁師ひとりじゃないんだ。ひとりがいい出すと、おれも見た、私も見たというわけで、そこで、その人たちの話を集めて考えると、そいつはゴリラそっくりのからだつきをしているが、ゴリラほど毛深くはない。顔などわりに人間にちかく、また立って歩くこともできるらしい。とにかく、そういう評判がたったから、男爵の評判はいよいよ悪くなった。男爵島と名を聞くだけでも、漁師たちはおじけをふるってしりごみしたが、そうこうしているうちに、ああいう恐ろしいことが起こったのだ」

「恐ろしいことってどんなこと？」

太ア坊は息をころして恭助の顔を見つめている。史郎はしかし、その話になると知っているとみえて、ふっとまゆをくもらせた。

「ある日、お巡りさんがおおぜいやってきて、古柳男爵をひっぱっていったんだ」

「どうしてなの、宇佐美さん、古柳男爵が何か悪いことをしたの」

「悪事も悪事、たいへんな悪事をはたらいていたんだ。しかし、まあ、ちょっと休ませてくれよ」

恭助はそこでちょっとひと息入れた。

水平線のかなたに現れた黒雲は、しだいに空にひろがってくる。沖へ出ていた漁師たちは、道具をしまうのもそこそこに、近くの島へ避難のしたくをはじめた。しかし、話に夢中になったこちらの三人は、まだそのことに気がつかなかったのである。

「いま話をしている古柳男爵は冬彦といって、その人には夏彦というにいさんがあったことはさっきも話をしたね」

しばらくすると恭助はまた話しはじめた。

「その夏彦男爵が急に亡くなったばかりか、夏彦男爵のひとり息子の龍彦というのが、同じころゆくえ不明になった。そこで夏彦男爵の弟の冬彦が、男爵家をついで、にいさんの財産をすっかりもらったのだが、それについてはその時分から、いろいろ悪い評判があったのだ。ひょっとすると冬彦が、にいさんの夏彦を殺し、龍彦を誘拐したのではあるまいかと……」

「ふうん、古柳男爵というのは、そんなに悪い人だったの？」

「そうなんだよ。警察でもそういう評判があるからすてておけない。いろいろさぐってみたんだが、はじめのうちはどうしても証拠がつかめなかった。そこで冬彦にかってなことをさせて、ゆだんをさせておき、そのあいだにいろいろさぐっていたのだが、二年めにとうとう証拠がそろったのだ。夏彦男爵はやっぱり冬彦に殺されたのだ。毒をのまされたのだよ。それから龍彦を誘拐して、どこかへかくしたのも冬彦だとわかった。そこでとうとう冬彦男爵は捕らえられたというわけだ」

「ふうん、男爵でもそんなに悪い人があるのかなあ」

「そうだよ。人間の欲にはきりがないからね。古柳男爵はえらい学者だったが、学問だけでは満足できないで、お金持ちになってぜいたくしたいと考えたから、そんな悪いことをやらかしたのだ。ところで、この事件で一番働いた人をだれだか知っているかい。それがすなわち、史郎くんのおとうさんの小山田博士だよ」

「うわッ」

両手をたたいてよろこんだのは太ア坊だ。

「ふうん、そうだったの。えらいねえ、うちのおじさんは……そりゃアどんな悪人でも、うちのおじさんにかかったらかなわないんだからね。それで古柳男爵はどうなったの」

「むろん死刑さ」

「死刑……？」

さすがノンキな太ア坊も死刑と聞くと息をのんだ。史郎もまゆをひそめて暗い顔になる。

「ああ、死刑になったんだ。三年前の秋のことだがね。そしてその死骸は男爵の遺言で、北島博士がひきとって、あの島のどこかにほうむってあるはずだ」

「そして、北島博士や音丸という人はどうしたの」

「その人たちは、まだあの島に住んでいるという話だよ。男爵は死刑になる前に遺言をかいて、男爵島と男爵島にあるすべてのものを、北島博士にゆずっていったのだそうだ」

「ふうん、それから人かサルかわからない怪物というのはどうしたの」

「さあ、それはどうしたかだれにもわからない。きけば男爵が死刑になってからは、うなり声も聞こえなくなったし、だれも姿を見た者はないという。だから、そんなもの、はじめからいなかったのかも知れないねえ。それよりも男爵のことだが、古柳男爵が死刑になったのは、にいさんを殺したほかにも、いろいろ悪いことをしていたことがわかったからだよ」

「えっ、ほかにもまだ悪いことをしていたの」

「そうだよ。古柳男爵はたいへん物欲の強い人だったんだね。物欲というのは、金銭だの品物だのをむやみにほしがることだが、とりわけ男爵は宝石狂だったらしい」

「宝石狂というのはなんのこと？」

「宝石狂というのは、ダイヤだの、ルビーだの、エメラルドだの、そういう宝石を見ると、むやみにほしがる病気さ。そりゃ、だれだって、きれいな宝石を見れば、少しはほしくなるだろうが古柳男爵はそれがかくべつなんだ。りっぱな宝石を見ると、盗んででも、人を殺してでもほしくなる。そこがつまり病気だね」

「困った病気ですね」

「困った病気さ。その時分、東京では宝石がさかんに盗まれてね。これはきっと宝石専門の泥棒がいるんだろうと、警察でもやっきとなってさぐっていたが、なんと、それがみんな古柳男爵のしわざとわかったんだ」

「ひゃッ、すると男爵は人殺しや誘拐のほかに、泥棒までしていたんだね」

「そうだ、なまじっか学問があるだけに、悪知恵があるから、つかまらなかったのもむりはない。しかし、それもみんな小山田博士の働きでわかった。男爵も証拠をつきつけられて、いっさいのことを白状したが、ここにどうしても白状しなかったことが二つある」

「どんなこと？　何を白状しなかったの？」

「まず第一に龍彦くんのいどころだ。龍彦くんを誘拐したことは白状したが、どこにかくしたかどうしてもいわなかった。龍彦くんが誘拐されたのは十の年で、それから五年になるから、生きていれば史郎ちゃんと同じ年ごろだが、どこにどうしているかわからない。気の毒な話だよ」

「それから、もうひとつ白状しなかったというのは、どういうことですか」

「宝石のことさ。古柳男爵が盗みためた宝石類は、値段にみつもって、何億円になるかわからないという話だが、それをどこへかくしたのかどうしても白状しなかった。だから何億円という宝石が、いまもってどこかに埋もれているはずなんだ」

「ふうん」

太ア坊の好奇心はいよいよ絶頂に達した。もっともらしく首をかしげて、

「もったいねえ。なんとかしてその宝石、探し出せないかなあ」

「あっはっは、太ア坊はその宝石を手にいれたらどうするつもりだね」

「ぼく、それで病院をたてて、病気なのにお医者さんにかかれない人をいれてあげる」

「あっはっは、太ア坊は慈善家だね。それはよい考えだが、でも、できない相談だよ。だって、その宝石にはみんな持ち主があるんだから、見つけたら返してあげなければならないさ」

「あっ、そうか」

太ア坊はカメの子のように首をすくめて舌を出した。

「それにね、その宝石については妙な話があるんだよ。古柳男爵は死刑になる前に、へんなことをいったそうだ」

「へんなことってどんなこと？」

「自分が宝石のありかを白状しないのは、まだそれに用事があるからだ。自分はふたたびこの世に生まれてきて、自分をこういうめにあわせた社会に仕返しをしてやる。そのためには、どうしてもその宝石が必要なんだ。……と、そんなことをいったそうだ」

「ふたたびこの世に生まれてきて……」

史郎と太ア坊は、気味悪そうな顔を見合わせた。

「うん、そうだ。どんなつもりでいったのか知らないが、きっと自分はもう一度、この世に生まれかわってくる。そして、社会に復讐してやると、何度も何度もいったそうだ。たぶん気がくるっていたんだろうがね」

恭助はやっと話をおわってあたりを見まわしたが、出し抜けに、

「しまった！」

と、ばかりにヨットの舵にとりついた。おりから、ドッと吹きおろしてきた突風に、あやうくヨットがひっくりかえりそうになったのだ。

気がつけば、空いちめん、泥のような黒雲におおわれて、二つぶ三つぶ、大つぶの雨が落ちてきたかと思うと、たちまちザアーッと、たたきつけるような大雨。

あたりはにわかに薄暗くなり、雷の音がしだいにこちらへ近づいてくる。ヨットはいまや、大夕立ちのまっただ中にまきこまれたのである。

ところが、そのときだった。男爵島の上から望遠鏡で、しきりにヨットのようすをうかがっている者があった。さっきの話に出た小男ではない。また、北島博士でもなさそうだ。

姿かたちはよくわからないが、顔はゴリラにそっくりだ。

せまい額、出ばったあご、おちくぼんだ二つの目。……ああ、ひょっとすると、あれこそ男爵島の怪物ではあるまいか。

男爵再生

瀬戸内海にはいま、ものすごい嵐があれくるっている。

吹きすさぶ風、降りしきる雨。空には雲がひくくたれこめ、しかもその雲は矢のように走っている。海はあれくるう波が、白い牙をあげてかみあっている。

おりおりイナズマのひらめきが、嵐のなかをなでていくと、そのあとから、天地をゆるがす雷鳴が、ものすさまじく鳴りひびいた。

こういう嵐のなかを一艘のヨットが、木の葉のようにもまれもまれて流れていく。あぶない、あぶない。帆はちぎれ、舵は折れ、あわやてんぷくと、手に汗にぎることいくたびか。

「宇佐美さん、だ、だいじょうぶ?」

太ア坊は青くなってヨットの底にしがみついている。海水パンツ一枚の膚に、シャワーのように降りそそぐ雨。三人ともズブぬれになって、ガチガチと歯を鳴らしている。寒いのだ。

「だいじょうぶ、心配はいらん」

恭助は必死になって風とたたかいながら、

「ヨットというやつは、ひっくりかえりそうに見えて、なかなかひっくりかえるものじゃない。太ア坊、こわいのかい」

「ううん、ぼく、こわかアないけど寒いや。それにぼく、まだあまり泳げないもの」

「あっはっは。だいじょうぶ、だいじょうぶ、心配するな。なあに、これしきの嵐、史郎くん、帆綱をうんとひっぱっていてくれたまえ」

口では元気なことをいっても、恭助も必死だ。汗と雨とが滝のようにひたいを流れる。

「宇佐美さん、一時どこかへ避難しましょう。とてもまっすぐに帰れはしません」

史郎は案外おちついていた。

「よし、それじゃ男爵島へ逃げこむか」

その男爵島はすぐ鼻先に見えながら、なかなか近よることができないのだ。嵐にもまれて、ヨットは同じところばかりまわっている。

と、そのときだ。何を思ったのか史郎が、

「あっー？」

と、叫んで帆綱を離したからたまらない。ヨットはいまにもひっくりかえりそうにかたむいた。

「ど、どうしたんだ。史郎くん」

「ええ、あの……いまイナズマがピカリとしたとき、だれか塔の上からこっちを見ているような気がしたものだから……」

「音丸だろう」

「うん、そうかも知れない」

しかし、それは音丸ではなかった。

ゴリラみたいなその顔は、なんともいえぬほど気味悪かったが、史郎はわざと黙っていた。太ア坊をおどかしてはいけないと思ったからだ。

「宇佐美さん、男爵島にはまだ怪物がいるの」

太ア坊には史郎の顔色がわかったのかも知れない。いくらか心配そうにたずねた。

「あっはっは、そんなものがいるもんか。ゴリラと人間の合いの子みたいな怪物なんて、そんなものが世のなかにあってたまるもんか。ここらの漁師は教育がないから、そんなことをいって騒ぐんだ。あっ、しめた！」

「宇佐美さん、どうしたの？」

「風向きがかわったのだ。よし、いまのうちだ！」

なるほど、いままで近よろうとして近よれなかった男爵島が、ものすごい勢いで突進してくる。入り江や、丘や、お城が、みるみるうちに眼前にせまってきた。

風よりも潮に乗ったのだ。ヨットはぐんぐん、手ぐりよせられるように島へ近づいて、まもなく小さい入り江の中へすべりこんだ。

「しめた。こうなればもうこっちのものだ」

そこは三方を陸地にかこまれているので、風当たりも少なくいままでにくらべるとよほど楽だ。恭助はようやくおちついて舵をにぎりなおした。そしてそれからまもなく、ヨットがぶじに横づけになったのは小さい桟橋（さんばし）。

「バンザーイ」

太ア坊はおどりあがって喜んでいる。

「やあ、やっと元気が出たな。こわい目をさせてすまなかった。さあ、あがろう」

「宇佐美さん、この島へ上陸するのですか」

「そうさ、こんなところで雨に打たれてるわけにもいかんじゃないか。古柳荘へいって雨宿りをさせてもらおう。なアに、北島博士という人は、たいへん親切な人だそうだから、心配することはないさ。史郎くん、どうかしたのかい」

「ううん、別に……」

史郎はあいまいにことばをにごした。

「それじゃ、早くあがりたまえ。いつまでも雨に打たれてると風邪をひくぞ。きみに風邪をひかしちゃ先生にすまない」

三人がヨットからあがったとき、またもやピカッとイナズマのひらめき。史郎はそのとたん、ハッとして塔の上をふりかえったが、そこにはもう、怪しい影も見えなかった。

古柳荘は島の真ん中の、小高い丘の上にたっている。土砂降りの中を三人が、その古柳荘へかけつけると、いいぐあいに堀のはね橋はおりていた。

前にもいったように、古柳荘にはひろい堀がめぐらしてあって、堀の内と外をつなぐものははね橋ひとつ。いつもこのはね橋はぴんと上へはねてあるのに、きょうにかぎってなぜおろしてあったのか、だれもそこまで考えるよゆうがなかったのは、まことにぜひもないしだいである。

それはさておき、橋をわたると大きな門、ピッタリしまった鉄の扉には、これをたたけというように、どらとばちとが、ぶらさがっている。

恭助がそのどらをたたくと、待ってましたというように、中からギイと扉が開いて、顔を出したのは小男だ。三人は思わずギョッと息をのんだ。

小男は身長一メートル三十ばかり。頭ばかりいやに大きくて、顔はガマにそっくりである。これこそ音丸にちがいない。

「何かご用事かな」

小男はノロノロした声でたずねた。それからなめるように、三人の姿を見くらべながらニヤリと笑った。気味の悪い小男だ。

「ああ、いや、私たちは嵐にあって島へ避難してきた者ですが、しばらく雨宿りをさせていただきたいと思いまして……」

恭助がていねいに頼むと、小男は大きな頭をかしげて考えていたが、

「ああそう、それではおはいり……」

と、少しからだを横にずらせた。恭助は喜んですぐにはいっていったが、史郎と太ア坊はためらった。

「宇佐美さん、だいじょうぶ、はいってもいいの？」

太ア坊は心配そうな顔色である。

「だいじょうぶ、何も心配することはないさ。このかたが親切にいってくださるのだから、えんりょしないほうがいいよ」

「太ア坊、はいろう」

史郎と太ア坊が中へはいると、小男はまたニヤッと笑って、鉄の扉をピッタリしめた。

史郎はそのとたん、ヒヤッとするような感じがしたが、いまさら逃げ出すわけにもいかない。

ドアの中はだだっぴろいホール。色ガラスをはめた高い丸天井から、にぶい光がさしこんでいる。おりおり、その色ガラスがイナズマのために、燃えるように明るくなった。ホールの正面には、りっぱな大理石の階段がついているが、小男はそのほうへいかずに、左側にあるひろい部屋へ三人を案内した。

「しばらくここでお待ちください。いま先生に申しあげてまいります」

先生というのは北島博士のことだろう。

「どうぞよろしく」

小男はまたピッタリとドアをしめて出ていった。その足音がホールを横切って、二階のほうへ消えていくのを待って、三人はホウッと顔を見合わせた。

「気味の悪い人だねえ。おとなか子供かわからないような人なんて、ぼくいやだなア」

太ア坊はホッと一息というかたちだ。

「あの人のことをそんな風にいうもんじゃないよ。あれで親切な人かもしれないからね」

口ではたしなめたものの史郎は、心のうちでは太ア坊と同じ気持ちだった。

「そうだ。史郎くんのいうとおりだよ。姿、形で、人のことをかれこれいっちゃいけない」

「うん、ぼくもういやアしないよ」

太ア坊は首をすくめてあやまった。

ところが、小男はいくら待っても帰ってこなかった。五分たち、十分と待っても、足音は聞こえてこない。三人はだんだん心配になってきた。第一、ズブぬれのままだから寒くてたまらない。しかも、この部屋というのが恐ろしくなんにもない部屋なのだ。イスもなければテーブルもない。敷物も敷いていないくらいだから、むろん額などかかっているわけがない。おまけに窓には太い鉄格子がはまっているのだから、まるで牢屋そっくりだ。

窓の外はあいかわらずの土砂降りで、おりおりパッと紫色のいなびかりが、部屋の中を明るくした。

「どうしたんだろう。何をしているんだろう」

恭助もしだいにいらいらしてくる。

「きみたち、寒かあないかい」

「うん、ぼく……」

太ア坊が何かいいかけたときである。突然、恐ろしい悲鳴が二声三声。

「やっ、あれはなんだ！」

三人がギョッと顔を見合わせたとき、ズドンと一発、嵐をついてきこえてきたのはピストルの音。……恭助はそれを聞くと、夢中でドアへ突進していったが、そこでアッと立ちすくんだのである。これはどうしたというのだ。

ドアにはピッタリ錠がおりている！

「しまった！」

「宇佐美さん、どうしたの？」

史郎もびっくりしてかけよってくる。

「やられた、鍵がかかっている」

「鍵が……？」

史郎と太ア坊は、顔見合わせて真っ青になった。太ア坊は急にガタガタふるえ出した。

「宇佐美さん、どうしたの。なぜ鍵をかけていったの？」

「なぜだかわからない。しかしこれはやっぱり、太ア坊の考えが正しかったのかも知れぬ。あの小男は悪いやつだったんだ」

「でも、ぼくたちをここへ閉じこめておいて、どうするつもりでしょう」

「どうするつもりかわからないが、きっとぼくたちがいては、つごうの悪いことがあったにちがいない」

「しかし、それならば宇佐美さん、なぜぼくたちを中へいれたのでしょう。なぜ門から追っぱらってしまわなかったのでしょう」

史郎の疑問はもっともだった。恭助もはじめてそれに気がついて、

「そうだ、そういえば、あのはね橋がおりていたのがおかしい。ひょっとすると、ぼくたちがここへくるのを、待っていたのではあるまいか」

「そういえばどらをたたくかたたかないうちに、小男がドアをひらきましたね」

考えてみると、何もかもおかしなことばかりだが、いまになって気がついてもあとの祭りというものだった。

「宇佐美さん、どうしたらいいの？　ぼくたち、ここから出ることができないの？」

太ア坊はいまにも泣き出しそうである。

「なに、心配はいらん、ちょっとお待ち」

恭助は窓をしらべてみたが、

「だめだ」

と、いって顔をしかめた。窓の鉄格子はせまくてとても抜け出すことはできないし、力いっぱいゆすぶってみてもビクともしなかった。

「それじゃ、やっぱりドアを破るよりしかたがないが……ちょっとのいていたまえ」

恭助はドアから五、六歩うしろへさがると、力まかせにぶつかってみたが、そんなことでビクともするドアではなかった。

かえって恭助のほうがはねかえされて、肩のいたさに顔をしかめたくらいである。何しろ海水パンツ一枚の裸だから、うっかりするとけがをする。部屋の中は前にもいったとおりガランどうで、えものらしいえものは何一つない。これではいよいよ絶望だ。

三人は無言のまま顔見合わせていたが、そのときまたもやズドンという音。それにつづいて、

「ウォーッ！」

と、一声、それはなんともいえぬ恐ろしいうなり声だった。そしてそれきりあとは墓場のような静けさ。嵐もだいぶおさまったらしい。

「宇佐美さん、い、いまのはなんの声？……」

「しっ、だまって……」

三人がシーンと息をころしていると、だれやら二階からおりてくるようすである。ゴトゴトという足音は、小男の音丸らしいが、それにまじってもうひとつ、ふしぎな足音が近づいてくる。

ピチャッ、ピチャッと、はだしで水たまりを歩くような足音なのだ。しかもその足音といっしょに、シュッ、シュッとあらあらしい息づかいと、不気味なうめき声が近づいてくる。

恭助は二少年をキッと小わきにかかえると、ドアに向かって身がまえしていたが、さいわい、足音はドアの前を素通りして、玄関のほうへ出ていった。

恭助はホッとして二少年のそばを離れると、鍵あなに目をあててみたが、残念ながら鍵あなには、向こうから何かさしこんである。

やがて足音が玄関へ消えると、バタンとドアのしまる音。それきりあとはまた、墓場の静けさにもどった。

「宇佐美さん、いまの足音なアに？」

太ア坊はガチガチ歯を鳴らしている。

「ひとりは小男のようでしたね」

「ゴ、ゴ、ゴリラみたいな怪物じゃない？」

恭助もそれを打ち消す自信はなかった。いまの足音の恐ろしさ、気味悪さ。恭助でさえ、わきの下にビッショリ汗をかいたくらいである。

「宇佐美さん、ぼくたちどうするの？ どうしてここを出るの？ 小男が鍵を持っていったから、出ることはできないの」

太ア坊の声に恭助もハッとわれにかえった。

「そのことなら太ア坊、心配はいらん。ここから出るくふうはついた。史郎くん、鍵あなをのぞいてごらん。外から、鍵がさしてあるだろう」

史郎はすぐ鍵あなをのぞいて見た。

「ええ、鍵はあります。しかし、鍵はあってもドアの外にあるんじゃア……」

「だから太ア坊の力をかりねばならん。ごらん、ドアの上に回転窓があるだろう。あの窓は小さくておとなはとても抜け出せないが、太ア坊なら出ることができる。太ア坊、あそこから抜け出して外からドアを開いてくれるかい」

太ア坊は十三歳だが、からだはたいへん小さくて、九つか十の子供くらい、それにサルのように身軽な少年だから、こんな役はうってつけだった。太ア坊は目だまをくりく

りさせて、

「そんなことわけないや。宇佐美さん、肩車して……」

太ア坊は恭助の肩から回転窓へはいあがると、すぐストンとドアの外へとびおりたが、そのとたん、何を見つけたのか、

「キャッ！」

と、悲鳴をあげた。

「太ア坊、どうした、どうした」

「宇佐美さん、あ、あ、あれ！」

太ア坊は外からドアをあけると、いきなり恭助の腕にしがみついた。

太ア坊がガタガタふるえているのもむりはない。恭助や史郎も、太ア坊の指さすところを見たときには、からだじゅうの血が凍りついてしまうような気がしたくらいである。

薄暗いホールの床に、ベタベタとついている足跡……それはなんという、恐ろしい、そしてまた気味の悪い足跡であったろう。

大きさは人間のおとなより、少し大きいくらいだが、指が恐ろしく長いのである。そしてときどき四つんばいになって歩いたとみえて、手のひらのあともついているが、これまた人間の手のひらとはちがっている。それはサルにそっくりだった。しかも恐ろしいのはまだそれだけではない。その足跡も手のひらの跡も、べっとりと血にぬれているのであった。

「史郎君、これはたいへんだ。北島博士の身に、何かまちがいがあったのかも知れない」

「宇佐美さん、いってみましょう」

いっときの驚きからさめると、史郎も太ア坊も勇気をとりもどした。北島博士がけがをしているのなら、かいほうしてあげなければならない。さいわい、血に染まった足跡がよい道しるべだった。三人がそれをたどっていくと、足跡は二階から三階へつづいている。

「史郎くん、この上は塔だぜ」

「怪物は塔からおりてきたんですね」

「あ、宇佐美さん、こんなところに鍵が……」

太ア坊がひろいあげたのは大きな銀色の鍵、それにもベットリ血がついている。

「太ア坊、それをひろっておけ。何か役に立つことがあるかも知れん」

塔の内部には、ラセン形の階段がついているが、そのへんまでくると、血染めの足跡はいよいよはっきりしてくる。足跡のほかにポタポタと血のたれた跡もある。これで見ると、怪物はけがをしているのかもしれない。

階段の上にはドアがあったが、そのドアはあけっ放しになっていた。三人はそこをはいっていったが、そのとたん、あっとばかりに棒立ちになってしまった。

そこは塔の形をそのままに、円型をした部屋であったが、それこそかつて古柳男爵の研究室だったのにちがいない。壁をうずめる棚の上には、おびただしい標本や試薬瓶の列。標本の中にはかなり気味の悪いのもある。それから部屋のかたすみには、手術台のようなベッドがあり、ベッドのそばの戸棚には、外科のお医者さんの使うような道具がいっぱいつまっている。

しかし、三人が驚いたのはそのことではなく、部屋の一方の窓際に、大きな鉄格子のオリがおいてあるのだ。いや、オリがおいてあるというよりも、部屋の一部分を鉄格子でくぎって、そのままオリにしてあるのだ。しかも、そのオリの中にはベッドのほかに、イスやテーブルもおいてあり、そしてそのテーブルの足もとに、ピストルをにぎった男が倒れている。

「あっ、北島博士だ……」

恭助はあわててオリのそばへかけよった。恭助はいままで北島博士に会ったことはないが、古柳男爵の事件のとき、博士の写真も新聞に出たので、よくおぼえているのである。

「太ア坊、さっきの鍵をかしてごらん。ひょっとするとこのオリの鍵かもしれない」

オリには大きな南京錠がかかっていたが、太ア坊のひろって来た鍵がピッタリあった。

「しめたッ」

ドアを開いてとびこむと、オリの中は血だらけだ。恭助は博士のそばへ駆けよると、

「先生、しっかりしてください、先生！」

と、抱き起こすと、さいわい、博士はまだこときれているのではなかった。うっすらと目をあいて恭助を見ると、

「あいつはどうした……ロロはどうした……」

「先生、ロロというのはなんですか」

「ゴリラと人間の合いの子だ。そして、……そしていまではあれが古柳男爵なのだ」

三人はギョッとして顔を見合わせた。北島博士は気がくるっているのであろうか。

「先生、しっかりしてください。古柳男爵は三年前に死んだはずじゃありませんか」

「そうだ、男爵は死んだ。死刑になった。しかしロロとなって生きかえったのだ。ああ、恐ろしい怪獣男爵……」

博士はガッと血を吐いた。どうやらあばら骨をやられているらしい。

「私は後悔している……。男爵の頼みにまかせて手術をしたことを後悔している。……なん度あいつを殺そうと思ったかしれない。……しかし、あいつはもう、獣であって獣でない。……あいつは古柳男爵なのだ。殺すわけにもいかなかった。……だから、私はあいつをオリに閉じこめ、外へ出さぬように用心した。……島にある舟をみんな沈めてしまった。……あいつは泳ぐことができないのだ。……こうして私は、自分が死ぬまで、あいつのそばで暮らそうと思った。……そして、自分の死が近づいてきたときには、あいつを殺そうと決心していた。……それだのに、きょうきみたちのヨットがやってきた。……それを見ると音丸がオリを開いて……」

博士のことばはいよいよ奇っ怪このうえもない。

「先生、しっかりしてください。手術とはなんの手術ですか」

「恐ろしい手術……古柳男爵の発明した恐ろしい手術……おお、向こうのデスクのひき出しに、私の日記がある。それを持ってきて……」

史郎はすぐにオリをとび出すと、デスクのひき出しから日記を探して持ってきた。

「先生、日記というのはこれですか」

「おお、それだ……その中に古柳男爵再生のいきさつが書いてある。それを東京の小山田博士に……」

「えっ、小山田博士？　先生、小山田博士というのは小山田慎吾博士ですか」

恭助がびっくりしてたずねると、

「おお、小山田慎吾博士……知っているか」

「知っているどころではありません。ここにいるのは小山田博士のお子さん、史郎くんというのです」

博士はそれをきくと、ビクッとからだをふるわせると、しっかと史郎の手をにぎり、

「ああ、ありがたい。……せめてもの神様のお救いだ。史郎くん、史郎くん！」

「はい」

「おとうさんにその日記をわたしてください。……そして古柳男爵……あの怪獣男爵をほろぼしてください！」

「怪獣男爵……？」

「そうだ。私はさっきあいつに一発くらわした。……あいつは大けがをしているはずだ。……しかし……しかし、そんなことで死ぬようなあいつではない。……あいつを捕らえて……あいつを捕らえてほろぼしてください。……ああ、怪獣王、ゴリラ男爵！」

北島博士はふたたびガアッと血を吐くと、ものすごく手足をふるわせた。

「先生、先生、しっかりしてください」

恭助と史郎は左右から、北島博士の名を呼んだが、もうその声は博士の耳にはとどかなかった。最後のふるえがきたかと思うと、やがてガックリ、息たえてしまったのである。

恭助と史郎はことばもなく、いたましそうに、博士の亡きがらを見つめていたが、そのときだった。さっきから窓から外をのぞいていた太ア坊が、けたたましい叫びをあげた。

「あっ、だれかがぼくたちのヨットに乗っていく！」

その声に驚いた恭助と史郎が窓のそばへかけよると、ああ、なんということだ。はるかかなたの入り江から、一艘のヨットがすべり出ていく。それはたしかに自分たちのヨットであった。ヨットの舵を握っているのは、小男の音丸だが、そばにひとり、黒いマントをかぶったものがうずくまっている。

いつの間にやら嵐はやんで、ところどころ雲が切れはじめている。そしてその雲の切れめから一すじの西陽(にしび)がさっとヨットを照らしたが、そのときである。マントをかぶってうずくまっていたやつが、顔をあげてヒョイとこちらをふりかえったが、そのとたん、三人は思わずワッと恐怖の声をはなった。

ああ、その顔！

それはゴリラにそっくりではないか。せまい額にくぼんだ目、鼻の下が長くて出ばった顎(あご)、……それはなんともいえない、みにくい、恐ろしい顔だったが、ゴリラほど毛深くはなく人間に近かった。

怪物はあざけるように歯をむき出し、片手をふると、すぐまたマントをひっかぶってうずくまった。ヨットはすべるように島を離れていく。

ああ、北島博士の手術とはどんなことか。怪獣王、ゴリラ男爵とは何者か。そして、この怪物が島を脱出したために、どのような事件が起こるのであろうか。

小山田博士

その年の九月一日は二百十日に当たっていたが、さいわい無事平穏に日が暮れて、夜の九時ごろのことである。

東京は芝高輪(しばたかなわ)にある緒方(おがた)という外科のお医者さんのところへ、ひとりの客がやってきた。

取り次ぎの看護婦にいうのには、けが人ができたから、先生にきていただけまいかというのであった。そこで緒方医師がじきじき会ってみると、客というのは年ごろ三十歳くらい、身なりはいやしくなかったが、ひどいやぶにらみの男であった。

「けがってどういうけがですか」

緒方医師がたずねると、その男はいくらか口ごもりながら、

「実は……飛び道具をいじくっておりましたところ、出し抜けに弾丸がとび出して、胸をやられたので……」

「飛び道具って銃ですか、それとも……」

「猟銃です」

「そして弾丸は……？」

「それがまだ胸の中に残っておりまして……」

「すると、なかなかの重態ですね」

「へえ、このままほうっておくと、命にかかわりゃしないかと思いますんで」

「患者はむろん男のかたでしょうね。そしてお年とお名まえは？」

「年は、さあ……私も使いのことですからよくわかりませんが、たぶん三十五歳から四十歳までのあいだだと思います。名まえは古柳……」

「古柳……？　古柳といえば以前この近くに、古柳男爵というかたが住んでいられたが、そのかたの身よりですか」

「と、とんでもない、男爵だなど……そんなものではございません」

やぶにらみの男はひどくうろたえたようすであったが、緒方医師は気もつかずに、

「そうですか。珍しいお名まえだから、ちょっとたずねてみたんですが……で、お所は？」

「伊皿子なんです」

伊皿子といえば高輪からそう遠くはない。しかし、なんといってもこの夜ふけ、それに今夜はじめての客である。緒方医師はなんとなくためらわれる気持ちであった。

「伊皿子からここへくるまでには、ほかにもたくさん、お医者さんがあるはずですがねえ」

「それはよく存じております。しかし、こういっちゃなんですが、ほかの先生では心もとないんで……患者もぜひこちらの先生に、お願いしてくれといいますんで」

「すると、その人は私をご存じなんですか」

「へえ、ずっとせんに、先生のお世話になったことがあると申していました」

これでやっと緒方医師の決心はついた。

「そうですか。それではお供しましょう。ちょっと待ってください。したくをしますから」

緒方医師はたいへん親切な人で、めったに患者をことわったことがないので有名だった。したくをして出てくると、

「どうもありがとうございます。これで私もめんぼくがたちます。表に自動車を待たせてありますから……」

ところが自動車に乗って、ものの五分と走らぬうちに、やぶにらみの男が妙なことをいい出した。

「先生、おそれいりますが、これをしてくださいませんか」

「何……？」

男の出したのは黒いビロードの布だった。

「へへへへ、これで目かくしをしていただきたいんで。行く先を知られたくございませんのでねえ」

緒方医師は思わずカッとして、

「それじゃ、伊皿子といったのは……？」

「うそですよ。先生、悪いことはいいません。私のいうようにしてください。さもないと……」

何やらかたいものが、ピッタリ緒方医師の横っ腹に押しつけられた。ピストルらしい。

「だまされた！」

緒方医師はムラムラと怒りがこみあげてきたが、こうなってはしかたがない。じたばたしてけがをしてもつまらない。

「おそれいります。こんな失礼なまねしたかアねえが、ま、いろいろ事情のあることと思ってください。おい、運ちゃん、それじゃさっきいったようにやってくれ」

「おっとしょうち」

運転手はサーカスの力持ちのような大声であった。小山のような肩をゆすってハンドルをまわすと、自動車はにわかにスピードを増して走り出した。

それからおよそ半時間。目かくしされた緒方医師には、どこをどう走っているのか見当もつかない。東京の町から町へと走りまわったあげく、ようやく目的の場所へついたらしい。自動車をとめてサイレンを三度鳴らすと、前方に当たって門の開く音。どうやら鉄の門らしくガチャンと金具の鳴る音がした。

「おい、気をつけろ、いらねえ音を立てるない!」

自動車は門の中へすべりこむと、徐行すること二十メートルあまり。

「先生、どうぞおりてください。おっといけねえ、目かくしをとるのはまだ早い。私がいいというまではそのまま、そのまま……」

緒方医師が自動車からおり立ったときである。夜空をふるわして聞こえてきたのは、鐘の音。どこか近くに教会でもあるらしく、
カーン、カーン、カーン……

すみ切った鐘の音だった。緒方医師はそれを聞くと、はてなとその場に立ちどまったが、やぶにらみの男は大あわてにあわてて、

「ちきしょう、悪いところへ鐘のやつ! 先生、早く中へはいってください」

手をとってひきずるように玄関の中へはいったが、緒方医師はそのとたん、プウンと強いカビの匂いをかいだ。空き家か、あるいは長く空き家になっていた家の匂いだ。

「先生、さあ、どうぞ」

やぶにらみの男に手をとられて、長い廊下をすすんでいくと、カビの匂いはいよいよ強くなってくる。廊下はずいぶん長くて目的の部屋へつくまでには、二度も三度もまがったようだ。やっとそこへついたらしく、やぶにらみの男がコツコツコツとドアをたたくと、

「おはいり」

と、中から低い声が聞こえた。

やぶにらみの男は緒方医師の手をとって、中へはいるとピッタリとうしろのドアをしめ、

「さあ、先生、目かくしをお取りください」

緒方医師は目かくしをとって部屋の中を見まわしたが、そのとたん、ゾクリとからだをふるわせたのである。

それはずいぶんひろい部屋であった。天井も高く、高い天井にはきらびやかなシャンデリアがぶらさがっていた。だが、それにしてはへんにがらんとしている。壁にも床にも、飾りらしい飾りはほとんどなく、うすら寒い感じが、いよいよ空き家を思わせる。

ただひとつ、部屋のすみにあるベッドだけが、空き家としては不似合にりっぱであっ

た。まるで外国の王様でも寝そうな、天蓋つきのデラックスなベッド、そしてベッドのまわりには重そうなカーテンがたれている。だが、緒方医師が気味悪く思ったのはそのことではなく、ベッドのそばに立っている男である。なんとその男は子供のような背たけの小男ではないか。

緒方医師がびっくりして立ちすくんでいると、小男がペコリと頭をさげた。

「先生、よくきてくださいました。さっそくですが見ていただけましょうか」

緒方医師はやっと気をとりなおし、ベッドのそばへよると、小男がそっとカーテンを開いた。カーテンの中にはだれか寝ていたが、からだの上には頭から、スッポリ黒い布がかけてある。緒方医師がそれをめくろうとすると、小男がぐっとその腕を押さえた。

「いけない！　顔を見ちゃいけません。傷口だけ。……それで手当てはできるでしょう」

小男の目が怪しく光る。緒方医師はゾーッとしながら、無言でうなずいた。すると小男は布のはしをめくって、患者の胸を出したが、緒方医師はそれを見ると、またしてもゾッとからだをふるわした。

ああ、なんという気味の悪いからだ！　胸がおそろしくくぼんで、赤茶けた膚にはいちめんに金色のうぶ毛が生えている。皮膚のかたさは松脂でねりかためたよう。傷口は右の胸にあったが、ソロソロ肉がもりあがって、あなもふさがりそうになっている。

「いったい、このけがはいつしたんです」

緒方医師はおどろきとこわさをかみ殺して、やっとそうたずねた。

「先月二十九日……いろいろわけがあっていままで手当てがうけられなくて……それにそのあいだ、むりをしたものだから熱を出して……」

なるほど、ひどい高熱で、患者は気をうしなっているらしかった。

「とにかく手術をしましょう。このままもう一日ほっといたら、それこそ命とりだ……」

「先生、いまなら助かりましょうか」

「それは手術の結果をみなければ……」

手術はわりにかんたんにすんだ。半時間もかからなかった。弾丸をとり出すと、あとをよく消毒してガーゼをつめた。

「危ないところだ。もう二、三センチどっちかへそれていたら命はなかった。それにしてもこの人は、よほど丈夫な体質ですね」

緒方医師は一刻も早く、この気味の悪い家から逃げ出したかったので、手を洗うと、

「それではまた、あすきましょう」

と、道具をしまいかけると、やぶにらみの男がいきなりドアの前に立ちはだかった。

「先生、それはいけませんや。どうしてって、いちいち送り迎えはできやアしません。先生、いる物があったら看護婦さんに手紙を書いてください。使いの者にとりにやらせます。患者がよくなるまでは、ここにいていただかなきゃ……」

やぶにらみの男は、指でピストルをおもちゃにしながら、うす気味悪く笑っている。そばには大男の運転手も立っている。

緒方医師はこうしてとうとう、この気味の悪い家に、とらわれの身となったのである。

それから一週間、緒方医師はその家へとめおかれた。そして、患者の容態がだいぶよくなったところで、ある晩、自動車で送り帰された。むろん、このあいだと同じように、目かくしされていたことはいうまでもない。

別れるときやぶにらみの男は、

「このことはけっしてだれにもしゃべってはなりませんぞ。もししゃべったら、どんなことになるか……よく考えておきなさい」

と、すごいおどし文句をならべたが、緒方医師という人は、たいへん正直な人であった。もしこれが、何か不正なことに関係があるとすれば、黙っているのはよくないと思った。そこで一晩考えたのち、つぎの日の昼過ぎ思いきって、警視庁をおとずれた。

「それでけっきょくあなたは、患者の顔を見ずじまいだったとおっしゃるのですか」

警視庁で緒方医師にあったのは、等々力という有名な警部であった。警部は緒方医師の話にすっかり興味をそそられて、思わずイスから乗り出した。

「ええ、私も一度見てやろうと思って苦心したのですが、相手がとても用心ぶかくて、とうとう見る機会がありませんでした」

「で、その家ですがねえ、ぜんぜん見当がつきませんか」

「いや、それについて、私は妙に思っていることがあるのです。と、いうのは、最初そこへ連れていかれた晩、すぐ近所で鐘の音が聞こえたのですが、私はその鐘の音に、聞きおぼえがあるような気がしてならぬのです」

警部はいよいよ身を乗り出して、

「聞きおぼえがあるというと……」

「実はうちの近所に、高輪教会といってキリスト教の教会があるのですが、朝な夕なに鳴らすその教会の鐘の音、それとそっくり同じような気がしたのですが……」

警部はそれを聞くと両手を打って、

「わかりました。それじゃあなたのお考えでは、その家はお宅のすぐ近くにあるというんですね。つまり自動車でほうぼうひっぱりまわしたあげく、またもとの場所へ帰ってきたのだろうと、こういうわけですね」

「そうです。そのとおりです」

「ところがお宅のご近所に、いまの話にあるような家がありますか。お話をうかがうと、かなり大きな洋館らしいが……」

「それですよ。私も考えてみたんですが、ひょっとすると、古柳男爵の家ではなかったかと思うのです」

「古柳男爵!」

警部はイスの腕木をにぎりしめた。

「そうです。やぶにらみの男がもらしたことばにも、古柳という名が出たし、男爵の家は三年前から空き家になっていますから、悪者がアジトにするにはおあつらえだと思うのです」

「ちょっと待ってください。あなたを迎えにきたのはやぶにらみの男だといいましたね。そして小男が介抱していたと……」

警部は急に黙りこんでしまったが、緒方医師は思い出したように、

「そうそう、一番大切なことを忘れていました。帰りにこんな物をもらってきたんです。小男がいうのに、お礼をさしあげたいがいまちょっと現金がない、これでがまんしてくれと……いらないというのに、むりやりこんなものを押しつけられて……」

緒方医師がポケットからとり出したのはビロードの小箱。パチッとふたを開くと、中から現れたのはきらめく大粒のダイヤモンド。

警部はアッと息をのんだ。

「実は私、どうせにせ物だろうと思ったのですが、ねんのためここへ来る途中、宝石商へよって見せたところ、本物も本物、いまの値段にすると何千万円するかわからないといわれたので、びっくりしてしまいました」

緒方医師はそういって額の汗をふいた。

警部は食い入るようにダイヤモンドを見ていたが、何を思ったのか部下をまねいて何ごとかを命じた。部下はすぐ出ていったが、まもなくかかえてきたのは大きな台帳と強いレンズ。警部はバラバラと台帳をめくると、

「あった、あった」

と、指さしたのはダイヤモンドの写真である。そこにはダイヤの大きさ、重さ、特徴が、くわしく書きいれてある。警部はレンズでダイヤモンドをしらべながら、写真のダイヤと見くらべていたが、

「ふうむ、やっぱりこれだ」

と太い息をもらすと、緒方医師の方へ向きなおって、

「緒方さん、あなたはたいへんよいことを知らせてくださった。あるいはこれは重大事件になるかもしれません。このダイヤはしばらくあずかっておきますが、ひょっとすると、これはあなたの物にならないかも知れませんよ」

「いいですとも。そんな物欲しくはありません」

緒方医師はそれからまもなく警視庁を出ていったが、するとそのとき、つかつかとそばへ寄ってきた男がある。

「だんな、自動車へ乗っておくんなさい」

「何？」

ふりかえった緒方医師は思わずアッと立ちすくんだ。うしろから寄りそうように立っているのはやぶにらみの男。ポケットの中からピッタリ銃口を押しつけながら、

「へへへへ、悪いことはいいません。黙って自動車へ乗ってください。これも約束を守らなかった天罰ですよ」

緒方医師は恐怖のためにまっ青になった。

ああ、なんというだいたんさ。やぶにらみの男は白昼堂々、しかも警視庁の前から、大の男をさらっていったのであった。

麻布狸穴の高台に、さほど、大きくはないがガッチリとした一軒の洋館がある。かくべつ目だつ建物でもないが、近所の人はこの洋館に、一種とくべつの敬意をはらっている。

それというのもこの洋館こそ、あの有名な小山田慎吾博士の住まいだからだ。

小山田博士は物理学者である。物理学者としてもむろん有名だが、それよりも博士の名が天下にとどろいているのは、この人に妙な道楽があるからだ。道楽にもいろいろあるが、この人のは探偵道楽というのだから変わっている。

道楽だからむろん、これで金もうけをしようの、職業にしようのという肚はない。実はずっと前にふしぎな事件があって、警視庁が困っているとき、博士は新聞を読んで事件の真相をみやぶった。そしてそのことを警視庁に知らせたところが、はたしてそのとおりに事件は解決、犯人もつかまった。

それ以来、警視庁ではむつかしい事件があると、博士のところへ相談にくる。博士もできるだけ力をかす。こうして博士はいつのまにか、警視庁の相談役みたいになり、名探偵小山田博士の名は、物理学者としてよりも有名になり、狸穴先生といえば、知らぬ者はないくらいになった。

とりわけ博士の名が有名になったのは、あの古柳男爵の一件だ。あの事件はほとんど博士ひとりの力で解決されたようなものだが、博士がなぜこの事件にそんなに力こぶをいれたかといえば、冬彦に殺された夏彦男爵が、博士の親友だったからである。

その親友の死と、ひとり息子の龍彦の、ゆくえ不明をあやしんだ博士は、二年あまりの苦心の末、とうとう古柳男爵の悪事のかずかずをしらべあげ、警視庁へつげたのである。

こうしてさしも大悪人の古柳男爵も、捕らえられて死刑になったが、いまもなお残念でならないのは、古柳男爵がとうとう龍彦のいどころをいわずに死んだことである。

そのために龍彦の消息はいまもってわからない。小山田博士はその後も龍彦のゆくえをさがしているが、生きているのか死んだのか、それさえわからないのだから残念である。

さて、博士はことし五十歳、頭は雪のようにまっ白だが、顔は子供のようにつやつやして血色がよい。そしていつもにこにこしているところは、これが悪人たちから、鬼のように恐れられる名探偵かと思われるくらいだ。

奥さんは先年亡くなって、史郎と美代子と子供がふたりあるきり、史郎のことは前にいったが、美代子は今年十三、太ア坊と同いどしである。ほかにばあやさんとお手伝いがいるが、それだけではさびしいので、恭助と太ア坊をひきとってめんどうを見ているのである。

さて、緒方医師が警視庁をおとずれた日の晩のこと、博士が書斎でむずかしい物理学の勉強をしていると、表のブザーがなった。それをきくと博士は身を起こして、かたわらのスイッチをひねった。するとデスクの上に立ててある、縦四十センチ、横五十センチばかりのスクリーンに、くっきりと玄関のようすが映った。

やがてお手伝いが出てきて玄関のドアを開くと、はいって来たのは等々力警部。

博士はそれを見ると安心したように別のスイッチをひねったが、すると玄関のドアの上にポッと青い豆電球がついた。博士はそれらのようすを見さだめておいて、二つのスイッチを切った。するとまず玄関の青電気が消え、ついでスクリーンに映った影も消えた。

博士はいつも訪問客にあう前には、これだけの用心をしているのである。それというのが、博士のような道楽のある人には、いつなんどき、どんな危害をくわえられないともかぎらないからである。博士の邸宅にはこのほかにも、いろいろな仕掛けがしてあるということだが、これはまた機会をみて話すことにしよう。

やがて博士は応接室で、等々力警部と向かい合って座っていた。

「やあ、等々力さん、何かまたむつかしい事件を持ちこんできましたね」

小山田博士はそういってにこにこ笑った。

小山田博士と等々力警部は、長いあいだのおなじみなのである。

「ええ、またお知恵を拝借にあがりましたよ。ときに坊っちゃんがたはまだですか」

「ええ、まだ帰りません。子供ってしかたがないもので、学校がはじまっているのに音さたなしです。きっと遊びほうけているのでしょう。はっはっは」

博士は物事にくよくよしない性質だから、史郎からしばらく音信がとだえても、そう深く気にならぬらしい。それにしてもきょうは九月の七日である。史郎たちが男爵島へ流れついたのは、八月二十九日のことだから、すでに十日たっている。いったい、あの三人は何をしているのであろうか。

「ときに等々力さん。きみの事件というのは？」

「先生、まず、これからごらんください」

警部がとり出したのは例のダイヤモンド。小山田博士は手にとって、

「ほほう、りっぱなダイヤですね。等々力さん、何かこれが……」

「先生、そのダイヤはもと外務大臣山崎夫人のもので、五年まえに古柳男爵に盗まれて以来ゆくえがわからなかった品なんですよ」

小山田博士はそれを聞くと、ギクッとしたようにイスの上で座りなおした。

「等々力さん、それじゃ古柳男爵の盗んだダイヤが、はじめて発見されたというわけですね。そして、いったいどこで……」

「先生、それがまた実に奇怪な話でしてね」

警部はそこで緒方医師の話をすると、

「先生、ここで注意すべきは、緒方医師の話に出てくるやぶにらみの男と小男のことで

す。先生も記憶していられるでしょうが、その昔古柳男爵が悪事を働いていたころの部下に、蛭池（ひるいけ）という男がいたが、そいつはひどいやぶにらみでした。それから男爵の使用人に音丸という背のひくい男がいましたが……」

「ふむ、ふむ。するとつまり昔の部下が、男爵のかくした財宝を発見し、男爵邸をアジトにして、何かたくらんでいるというんですね」

「いや、それだけなら私もこれほど心配しません。しかし、なんとなく気にかかるのは、緒方医師が手当てをしたという患者です。そいつはいったい何者でしょう。緒方医師の話によると、かれが会った小男はまるでイヌが主人につかえるように、その患者につかえていたというのですが、音丸がそんなに大事にする相手は、古柳男爵よりないはずです。だからもしや……」

「ばかなことをいっちゃいかん。古柳男爵は死刑になって、この世にいないはずじゃありませんか」

「それはそうですが、古柳男爵は死刑になる前に、三年のうちにはきっと生きかえってくる。そして世間に対して復讐（ふくしゅう）してやると公言したそうじゃありませんか」

　等々力警部はゾクリとしたように身をすくめた。小山田博士はからから笑うと、

「おいおい、等々力さん、今夜はよっぽどどうかしているぜ。古柳男爵がいかに学者でも、死んだ者が生きかえれるものか。しかし……」

　小山田博士は急にまじめになると、

「古柳男爵のダイヤが発見されたとは耳よりな話ですね。ひょっとすると、そいつが龍彦くんのゆくえを知っているかも知れぬ。等々力さん、この事件、私が手がけてみてもいいですよ」

「ありがたい！　そのおことばを待っていました。実は先生これから古柳男爵のもとの家を、しらべにいこうと思っているんですがいかがですか」

「よかろう。じゃ、ちょっと待ってくれたまえ」

博士がしたくをして出かけようとすると、奥から走り出てきたのは、セーラー服の可愛い少女、小山田博士にとっては、目の中へ入れても痛くないという美代子である。

「おとうさま、どこかへお出かけ？」

「ああ、美代子、おとうさんはちょっと出てくるから、おまえはばあやや清さんとお留守ばんをするんですよ」

「あら、いやだわ。だってさびしいんですもの。おにいさんたちもいらっしゃらないし、ひとりきりじゃつまらないわ」

いつもききわけのよい美代子が、その晩にかぎってダダをこねたのは、虫が知らせたとでもいうのであろうか。

「どうしたの、美代子、おまえはおりこうさんじゃないか。なに、すぐ帰ってくる。それじゃばあや、頼んだよ」

と、小山田博士はそのまま自動車に乗りこんだが、運の悪いときにはしかたがないもので、自動車が出ていくのといれちがいに、舞いこんだのが一通の電報。
ああ、もし小山田博士にして、この電報を読んでいたら、少しはあとに気をくばったであろうに！　その電報にはこうあった。
フルヤナギダンシヤクイキカエル
シンペンニキヲツケヨ』シロウ

怪獣ロロ

古柳男爵のもとの家は、芝高輪の高台にたっている。この建物は明治のなかほどにできたものだが、あの大震災にくずれもせず、いまに残っているのだが、くすんだ煉瓦（れんが）の壁には、一面にツタが這（は）って、いかにも古めかしく、陰気くさい感じである。

とりわけ男爵が死んでからというものは、手を入れるものがないから、いよいよ荒れはてて、ばけもの屋敷のあだ名があるくらいだ。

「等々力さん、あの建物はいまだれの所有になっているのですか」

いまそのばけもの屋敷へ向かう途中で、小山田博士がそうたずねた。

「たしか北島博士のものになっているはずです。ご存じのとおり男爵は、死刑になる前にいっさいを北島博士にゆずったのですから」

「番人はいないのですか」

「前にはいたそうですが、その男が死んでからは、だれも番人になりてがないので、いまでは空き家同然です。だれだってばけもの屋敷の番人にはなりたくありませんからね。おっととと、そこでいい、そこでおろしてくれたまえ」

目的の場所より百メートルほど手前で、自動車をとめた等々力警部が、ひらりと外へとび出したとたん聞こえてきたのは教会の鐘の音。

カーン、カーン、カーン。……

夜空をふるわす鐘の音に、あとからおりた小山田博士も、思わず立ちどまって耳をすました。

「ああ、あの鐘ですな、緒方医師が聞いたというのは……。等々力さん、これはちょっと妙だとは思いませんか」

「妙とは……？」

「自動車で半時間も、緒方医師をひきずりまわすほど用心ぶかい人物が、鐘のことを忘れていたというのはおかしい。古柳男爵なら、そんな抜け目のある男じゃない」

「しかし、そのとき患者は、高熱のために気をうしなっていたのですぜ。医者をひっぱり出したのは、部下のやったことだから……」

「はっはっは、きみはあくまで古柳男爵生きかえり説を信じているんですね。ところで緒方医師というのは、信用できる人物ですか」

「それはだいじょうぶ。部下をやってしらべさせましたが、実にりっぱな人物らしい」

「するとその人の話は信用してよいわけだが、そうなると問題は患者だね。どうしてそんなに用心ぶかく顔をかくしていたのだろう」

「いや、かくしていたのは顔ばかりではなく、手も足も、傷口以外には絶対にどこも見せず、どこもさわらせなかったそうで、どうもそこんところが気味が悪くてねえ。……やあ、ごくろうさま、何も変わったことはないかね」

男爵邸のそばまでくると、暗やみの中から二つの影が近よって来た。見張りの刑事らしい。

「はっ、私たちも半時間ほど前にきたばかりですが、別にこれといって……」

「裏門のほうもだいじょうぶだろうね」

「はっ、黒川くんと白山くんが見張っています」

「よし、それじゃきみたちはここにいたまえ。変わったことがあったら呼び子を吹くから、すぐとびこんで来るんだぞ」

時刻は九時過ぎ。空には嵐の前ぶれか、雲がきれぎれにとんでいて、五日ばかりの月が見えつかくれつ。その月の光であらためて見直すと、なるほど気味の悪い建物がある。

窓という窓のガラスがこわれて、ガランどうになっている。壁にはったツタの葉が、女の髪のようにさやさやなびいている。屋根をあおぐと、展望台のような塔がそびえている。古柳男爵はよっぽど塔が好きらしい。

警部が門の鉄格子を押すと、意外にもギィと中へ開いた。警部は思わず小山田博士と顔見合わせた。

「へんですね」

「妙だね。とにかく中へはいってみよう」

門をはいって二十メートルほどいくと玄関がある。警部がドアのトッテをひねると、これまたなんなく内へ開いた。小山田博士と警部の顔は、にわかにひきしまってくる。

玄関をはいるとプーンと鼻をつくカビの匂いも、先夜、緒方医師がかいだ匂いだ。緒方医師の話によると、問題の部屋はかなり奥にあるらしい。小山田博士と等々力警部は懐中電灯をにぎり、足音に気をつけながら、長い廊下をすすんでいく。家の中はシーンと静まりかえって、人のけはいはさらにない。

やがてふたりはそれらしいドアの前まできた。博士と警部はドアに耳をつけ、じっと中のようすをうかがっていたが、ふいにギョッとしたように顔を見合わせた。

部屋の中からかすかなうめき声が聞こえてくる。それにまじって、ドタリドタリ床の上で、寝返りをうつような音。……たしかにだれか部屋の中にいる！

警部はしりのポケットからピストルを出して、きっとばかりに身構えしながら、ドアのトッテをまわした。

ガチャリ！

ドアを開くと、さっと中へ躍りこんだ等々力警部。

「だれか！」

声をかけながらさっと懐中電灯の光を向けたが、見ると床の上にさるぐつわをはめられ、高手小手にしばられた男が一人、恐怖の眼を大きく見張ってこちらを見ている。

「誰か。きみはこんなところで何をしているのだ」

しかし、それはむりである。相手はさるぐつわをはめられているのだから、返事のできるはずもない。それに気がつくと等々力警部。

「先生、ピストルと懐中電灯を持っていてください」

二つの道具を博士にわたして、用心深くさるぐつわをといてやったが、そのとたん、

「や、や、や、き、きみは緒方医師！」

いかにもそれは、警視庁の前からかどわかされた緒方医師であった。

「きみはどうしてこんなところに……」

「やられた……やられました。……警視庁の前に、やぶにらみの男が待っていて……むりやりに自動車に乗せられ、……目かくしをされて……ああ、恐ろしいゴリラ男！」

そこまでいうと緒方医師は、気をうしなってバッタリそこに倒れたが、そのときである。暗やみの中から、ふいに妙な声が聞こえてきた。それははじめ、ささやくような低い声であったが、しだいに大きくなってくると、やがて、わめくように部屋いっぱいにひびきわたった。

「小山田博士……小山田博士……おれがわかるか……おれがだれだかわかるか。……おれはきさまのために死刑になった古柳……古柳男爵だぞ！」

「あっ！」

小山田博士も等々力警部も、その声を聞いたとたん、からだじゅうの毛という毛が、ことごとくさか立つような恐怖にうたれた。さすがの小山田博士も、しばらくぼうぜんとしてつっ立っていたが、ふと気がついて、ドアのそばにあるスイッチをひねった。

と、天井のシャンデリアに灯がついて、部屋の中は急に明るくなったが、怪しい姿はどこにも見えない。緒方医師の話のとおり、部屋のすみに、天蓋つきのベッドがあるきり、あたりはガランとして殺風景だ。

警部はそっとベッドのそばへ近よると、ピストルを身構えながらサッとカーテンを開いたが、中はもぬけのからだった。警部はいささかひょうし抜けのていだったが、そのときまたもや聞こえてきたのはあの恐ろしい声。

「わっはっは！　等々力警部めんくらいのていときたね。だめ、だめ、いくら探したところで、おれの姿は見えっこない」

警部はギョッと息をのむ。声はたしかに部屋の中から聞こえてくるのだ。それでいて、怪しい影はどこにも見えない。警部はあっけにとられてキョロキョロあたりを見まわしていたが、そのとき三たび薄気味悪い声が聞こえてきた。

「はっはっは！　ハトが豆鉄砲をくったかたちだね。だが、警部などどうでもいいのだ。おれの相手は小山田博士だ。おい、小山田、いやさ、小山田慎吾！」

そのとたん、小山田博士と等々力警部は、ハッといっせいに天井を見上げた。わかった、わかった。怪しい声は天井の、シャンデリアのあたりから聞こえてくるのだ。

警部はそれに気がつくと、呼び子を出して口にあてた。

ピリ、ピリ、ピリ……

夜のしじまをつんざいて、呼び子の音がひびきわたる。と、すぐに刑事がとびこんできた。

「きみたち、この家を家探しするんだ。この上の部屋を注意して見ろ。怪しいやつがいたら、かまわずふんづかまえてしまえ！」

「はっ、承知しました」

刑事がバラバラととび出していくあとから、等々力警部も出ようとしたが、そこへまた、あざけるような声がふってきた。

「わっはっはっ、家探しとおいでなすったな。だが、そんなことでつかまるおれだと思っているのかい。わっはっはっは！」

傍若無人(ぼうじゃくぶじん)な笑い声を聞いているうちに、小山田博士はハッとあることに気がついた。

「いけない、いけない、等々力さん、こりゃ家探ししてもだめですよ」

「だめとは？」

「相手は家の中にいるんじゃない。見たまえ。あのシャンデリアの根元に、円盤のようなものが見えるだろう。あれはラウドスピーカーなのだ。相手はどこか遠いところにいて、無線電話で話しているのだ」

「しかし先生、相手はわれわれの行動を、手にとるごとく見ているじゃありませんか。いや、見ているのみならず、われわれの会話も、全部聞いているじゃありませんか」

「それはね、この部屋に特種な集音集像装置が仕掛けてあって、われわれの一挙一動、一言一句、電波によって送られるんだ。つまりテレビジョンの仕掛けだね。等々力さん、こりゃア容易ならぬ相手だぜ」

小山田博士と等々力警部は、ゾーッとしたように顔見合わせたが、そのとき又もや恐ろしい声。

「わっはっは！　さすがは小山田博士だ。よく見やぶった。そうとわかったら、家探しするのはやめたがよかろう」

「だれだ、そういうきさまは何者だ」

小山田博士はきっとなって叫んだ。

「だれ……？　だからはじめに名乗ってあるじゃないか。古柳男爵だと……」

「違う。そんなバカな……古柳男爵は死んだ。死刑になった。三年前に世を去った。……」

「だから生きかえってきたのさ。なあ、おい、小山田博士、死刑になる前、おれは約束しておいたはずだ。三年のうちにきっと生まれ変わってくる。生きてふたたびお目にかかるといっておいたはずじゃないか。おれはうそをいうのは大きらいだ。生きかえられる自信があったからこそ約束をしておいたのだ。そして、いまこそこうして約束どおりもどってきたのだ。おれは古柳……古柳男爵だぞ！」

ああ、その声！　ギリギリ歯ぎしりをかむようなその声！　さすが物に恐れぬ小山田博士や等々力警部も、ゾーッと背筋がつめたくなるような怖れを感じた。

「おい、小山田博士、きさままだ疑っているのか。よし、それでは証拠を見せてやろう。きさま、いま電気のスイッチをひねったろう。そのスイッチの下にもう一つ、かくしボタンがあるはずだ。押せ、そのボタンを押してみろ」

「あっ、先生、いけません」

「はっはっは、等々力警部、その心配は無用じゃ。おれはそんなケチな男じゃない。きさまらを殺そうと思えば、いくらでも手段はある。押せ、小山田博士、そのボタンを押してみろ！」

小山田博士は心をきめてボタンを押した。

と、そのとたん、天井の一角がポッカリわれて、大きな箱のようなものが、ユッサユッサとおりてくる。小山田博士と等々力警部は、息をのんで見つめている。ピストルをにぎりしめた警部の手のひらはビッショリ汗だ。

下へおりてくるにしたがって、それがただの箱でないことがわかった。太い鉄格子のはまったオリなのだ。そしてオリの中には三人の人間が、さるぐつわをはめられ、グルグル巻きにしばられてグッタリしている。

小山田博士と等々力警部は、驚きの目を見張っていたが、そのときまたもや天井から、恐ろしい声がふってきた。

「そいつらに聞いてみろ。そいつらが、古柳男爵再生のいきさつを知っている。小山田博士、これがきさまへの贈り物だ」

オリはようやく床についた。

博士ははじめて三人の顔を見たが、そのとたん、雷に打たれたように立ちすくんだのである。


博士が驚いたのもむりではない。

オリの中にとらわれの身となっているのは、まぎれもなく恭助に史郎。それから太ア坊の三人だ。瀬戸内海の海岸で、楽しくあそんでいるとばかり思っていた三人が、いまこうして、オリの中のとらわれ人となって、目の前に現れたのだから、小山田博士ほどの人でも、気がくるいそうになったのもむりはなかった。

「史郎！　恭助！　太ア坊！」

小山田博士はオリにとびつくと、気ちがいのように鉄格子をゆすぶった。等々力警部はあっけにとられて、目玉をパチクリさせるばかり。

「わっははっ！　驚いたか、小山田博士。しかし、何も心配することはないぞ。おれの生きかえったお祝いに、みやげにこうして持ってきてやったのだ。殺しゃアしない。ジタバタさわぐとめんどうだから、ちょっと薬をのましてあるだけだ。もうソロソロ目のさめる時分だろう。オリには鍵も掛かっていない。ひきずり出してかいほうしてやれ」

博士はハッと気がついた。オリの戸に手をかけると、はたしてなんなくあいた。博士は急いで中へとびこむと、

「史郎！　しっかりせい。これ、恭助、太ア坊もしっかりせんか」

等々力警部もあとからとびこむと、急いで三人のなわ目をとき、さるぐつわをはずした。

怪しい声のいうとおり、薬のききめは、切れめになっていたらしく、まず恭助がぼんやり目を開いた。

「これ、恭助、わしじゃ。しっかりしろ。小山田だ。わからんか」

「あっ、先生！」

恭助は博士の胸にすがりつくと、

「史郎くんや太ア坊は……？」

「安心せい。史郎も太ア坊もここにいる。しかし、どうしてこんなところに……？」

「東京駅から誘拐されたのです。きょう夕方の列車で、東京駅へつくと、先生からの迎えだといって、自動車が待っていました。ついうっかりそれに乗ると、やぶにらみの男が……」

「やぶにらみの男だって？」

等々力警部も驚いてことばをはさんだ。

「そうです。恐ろしくやぶにらみの男でした。そいつがいきなりピストルを突きつけて……くやしかったけれど、飛び道具にはかないません。そいつのいうままになっていると、怪しい家へ連れこまれました。するとそこに、サーカスの力持ちのような大男と、小男の音丸がいて……」

「音丸？　恭助、おまえはどうして音丸を知っているのだ」

「それについては、いずれあとで話をします。とにかく、やぶにらみの男と大男と、小男の三人がいきなりわれわれの鼻の上に、しめったハンケチを押しつけて……それきりぼくはわけがわからなくなったのです」

恭助の話のうちに、史郎も太ア坊も目をさましました。

「あっ、おとうさん！」

「おじさん！」

「おお、史郎も太ア坊も気がついたか」

「おとうさん、たいへんです。古柳男爵が生きかえったのです」

「古柳男爵が生きかえった？」

「そうです、そうです。くわしいことは、この日記に書いてあります」

「日記……？　いったいだれの日記だ」

「北島博士です。古柳男爵の助手をしていた北島博士の日記です。博士はこれをおとうさんにわたしてくれと……」

「それじゃ、おまえたち、北島博士に会ったのか」

「そうです。先生、われわれは嵐にあって、男爵島へ流れついたのです。そこで私たちは世にも恐ろしい経験をしました。先生、とにかくその日記を読んでみてください」

さすがの小山田博士も、なにが何やらわけがわからない。意外な対面、それだけでも、どぎもを抜かれているところへ、みんな口をそろえて、古柳男爵が生きかえったといっている。博士がぼうぜんとしたのも無理はない。

「よし、ともかくオリを出よう」

一同オリを出ると、小山田博士はとりあえず、北島博士の日記をひもといたが、ああ、その日記こそ、古柳男爵再生の、世にも恐ろしい秘密をときあかしているのだった。

私、北島俊一はのちの参考のため、日記のはしに、この恐ろしいできごとを書きとめておくことにする。

古柳男爵は再生した。この日記を読む人びとよ。それを疑ってはならない。あの大科学者にして、大悪人なる古柳男爵は、たしかにこの世に再生した。では、男爵はいかにして、この世に生きかえってきたか、いまそのことを書きしるすであろう。

北島博士の手記は、そんなふうにはじまっている。

等々力警部と小山田博士は、ゾーッとしたように顔を見合わせたが、やがてまた、急いでつぎの行に目をはしらせた。

古柳男爵はまことにすぐれた生理学者であった。わけても脳の生理については、世界にならぶ者もないほどの学者であった。その男爵があるとき、つぎのようなことを考えた。

人間の肉体が死ぬとともに、脳もいっしょに死んでしまうのは残念なことである。すぐれた学者や、えらい芸術家の、ふしぎな働きをもつ脳を、肉体とはべつに、いつまでも生かしておくことはできないものであろうか。……古柳男爵はそう考えたのであった。

北島博士のふしぎな手記はまだまだ長くつづくのだが、それは読めば読むほど、いよいよますます怪奇であった。

そこで古柳男爵は、人間のからだから脳だけ抜きとって、それを博士がつくった、ある特別な生理的食塩水の中で、保存することを思いたった。

博士はまず、医科大学から研究用の死体を買ってきて、その研究をはじめた。しかしそれはだめであった。なぜかというにその死体は、死後あまりに時間がたっていたので、脳の活力もすっかりなくなっていたからである。そこでそのつぎには、交通事故のために死んだ人の死体を死んでからすぐにひきとって、研究することにしたが、やがてとうとう成功したのである。むろん、それまでには、たびたび貴重な失敗もあったが。……

死後すぐに肉体からとり出された脳は、生理的食塩水の中で、りっぱに生きていたのである。すなわち、これでわかったことは、年とってしぜんと死んだ人や、長い病気で死んだ人の脳は、どんなに手をつくしてもだめであるということだ。それは脳そのものが年をとって、生きる力をうしなっていたり、病気のために弱っているからである。それに反して、災難などで急に死んだ人の脳を、できるだけ早いうちにとり出せば、りっぱに再生できるということがわかった。

しかし、男爵の研究も、それだけではなんにもならない。食塩水の中にある脳は、いかに生活力をもっていてもなんの働きも示すことはできない。そこで博士はまた、つぎのようなことを考えた。すなわちこの脳を、別の人間の頭に移植するということである。

北島博士の奇怪な手記は、なおもつづいている。

もしこのことに成功すれば、世にこれほどすぐれた発明はないであろう。なぜならば、世界にはりっぱな脳を持ちながら、弱いからだになやんでいる人が多い。またその反対に、生きていてもなんの役にも立たぬバカや気ちがいのくせに、からだだけは人なみすぐれてじょうぶな者もいる。

そういうバカの脳を抜きとって、そのあとへすぐれた脳を入れかえれば、それこそ頭脳もからだもすぐれた人間ができるではないか。また、年とった天才の脳を、若いからだに移植することによって天才の脳をいつまでも、若く保つこともできる。こういうことができるならば、それこそいままでに類のない、大発明だということができる。古柳男爵はそれをやってみようと考えたのだ。

しかし、それにはたいへんむずかしいことがあった。すなわち、生きている、しかもがんじょうなからだを持った人間が入用だからだ。男爵はここでハタと困った。はたしてうまくいくかどうかわからぬ研究に、生きた人間の脳を使うことはできなかった。これには男爵も迷ったが、とうとう人間のかわりに、ほかの動物を使うことを思いついた。すなわち人間に一番近いサルの類を用いることである。

こうして古柳男爵が手に入れたのが、この怪獣ロロである。

小山田博士は読みすすんでいくにしたがって、額にビッショリ、汗のにじむのをおぼえた。等々力警部も目を皿(さら)のようにして、この奇妙な手記をのぞいている。

北島博士の文章は、まだまだつづくのである。

古柳男爵が、どこからロロを手に入れてきたのか私は知らない。またロロとは何者かそれも知らない。しかし、ロロこそは世に恐ろしい怪獣であった。男爵はあるとき笑って、こいつは人間とゴリラの合いの子だよといったが、あるいはほんとうにそうかも知れぬ。ゴリラにしては人間に近いし、人間にしてはゴリラ的だった。

古柳男爵はロロを手にいれると間もなく、男爵島へ移ることになった。それは軒の近い都会では、ロロのうなり声を怪しまれるおそれがあったからだ。

男爵はロロの頭にまず、自動車の衝突で死んだ男の脳を植えつけてみた。そしてその実験は首尾よく成功したのだ。いったん死んだ男が、ロロのからだをかりて、見事に生きかえってきたのである。

ああ、そのときの男爵の喜び、私の驚き！

私はあまりの気味悪さに、気がくるいそうであった。

ロロはむろん怪獣ではある。舌の構造も人間とちがっている。だから物をいうことはできなかったが、耳は聞こえた。そしてロロはいまや、人間の話すことがわかるようになったのだ。いやいや、それればかりではない。半年あまり一生けんめいに練習すると、ロロの舌はしだいに自由になり、片語くらいならしゃべれるようになったのだ。

男爵はうちょう天になって喜んだが、ちょうどそのとき起こったのがあの事件……。

ある日、男爵島へ大勢の警官がやってきて、男爵を捕らえていった。そして男爵の悪事のかずかずが明らかにされたのだ。

ああ、そのときの私の驚き！

私はかねがね男爵の学問には敬服していたが、人物にはいつもいやアな感じがしていた。しかし、まさかあのような大悪人であったろうとは！

しかも、私はその大悪人から、世にも恐ろしいことを頼まれたのだ。

北島博士の手記はまだまだつづく。そして一句は一句、一行は一行ごとに、恐ろしさを加えていくのであった。

美代子のゆくえ

北島博士の手記はまだつづく。

古柳男爵が死刑ときまってからまもなく、私は面会をゆるされて、刑務所で男爵に会ったことがある。

そのとき、男爵は私に、こんなことを頼んだのだ。

自分が死刑になったら、すぐさま死体をひきとって、男爵島へ持ちかえり、自分の脳をとって、ロロの頭に移植してくれ……と。

ああ、あのとき、私はなぜキッパリそれをことわらなかったのだろう。なまじっかそれを承知したために、私はいま後悔のために夜も眠れないのだ。

しかし、ここで私は一言いいわけをしておく。私が男爵の頼みをひき受けたのは、けっして欲に目がくれたためではない。男爵の財産がほしかったからではない。学者として私もいちど、自分であの実験をやってみたかったからなのだ。

私はそこで男爵のなきがらをひきとるための手続きをした。また、それを男爵島へほうむるためと称して、運んでいく許可もえた。

万事うまくいった。まさかそんな恐ろしい実験が行われるとは知らないから、私の願いは首尾よくとりあげられたのだ。

こうして男爵が死刑になった直後、私はそのなきがらを男爵島へはこんでいった。そしてあの恐ろしい手術をやったのである。

その日のことを、私は今も忘れることはできない。それはものすさまじい嵐の夜だった。男爵島の塔の外には、イナズマがひらめき、雷鳴がしきりにとどろいた。ああ、それこそは大悪人、古柳男爵再生にとってまことにふさわしい晩だったのだ。

手術のことをあまりクドクドとのべるのはやめよう。私は薬をつかってロロを眠らせた。そして、前に植えつけてあった脳を抜きとり、そのあとへ、古柳男爵の死体から抜きとった脳を移植した。そしてその結果は……？　ああ、私はいま、あの手術が失敗していたらどんなによかったろうと思う。ところが手術は見事に成功したのだ。古柳男爵は、怪獣ロロのからだをかりて、見事にこの世に再生したのだ！

手術がおわって、ロロが眠りからさめたとき、一番はじめにそいつはなんといったか。

「北島くん、ありがとう」

それから、ひッつッたような笑いをあげると、

「おれがだれだかわかるか。おれは古柳男爵だ」

ああ、そのときの私の驚き、私の恐れ。自らおこなったこととはいえ、私はそのせつな古柳男爵を、ロロのからだごと、殺してしまいたいと思ったくらいだ。

私は古柳男爵がなぜ、そのような手術を私に頼んだかよく知っていた。古柳男爵が死刑になる前に、もう一度この世に生まれてきて、社会に復讐してやるといったことは、私もよく知っていたのだ。

だから私は万一の場合を考えて、手術はオリの中でやったのだ。そして、けっしてこの恐ろしい怪獣男爵を、オリの外へ出すまいと決心した。

手術後の経過はすこぶるよくて、まもなくロロ、いや、いまは古柳男爵であるところのその怪物は、しだいに元気になってきた。しかも口のききかたなども、以前とくらべると、また一段とじょうずになった。

古柳男爵はオリの中から、外へ出してくれとしきりに頼むのだ。しかし、私は絶対にそれを受けつけなかった。オリから外へ出したがさいご、この怪獣男爵は、何をしでかすかわからないのだ。ところがまもなく、私は困ったことに気がついた。それは

小男の音丸だ。音丸はいつのまにやらあの怪獣が、古柳男爵であることに気がついたらしい。そして、かれは男爵の命令とあらば、どんなことでもやりかねない忠実な部下なのだ。

私は不安を感じたので、三年分の食糧を買いこむと、島にある舟を全部沈めてしまった。こうしておけば、たとえオリをやぶって外へ出ても、島を立ち去ることはできまい。漁師は恐れて、けっしてこの島へ近よらないし、怪獣ロロは十メートルと泳ぐことはできないのだ。私はいま、恐ろしい怪獣男爵とともに、離れ小島の一軒家に住んでいる。神経の疲れのために、近ごろは、めっきりからだも弱ってしまった。近いうちに私は死ぬだろう。私はいまその日の一日も早からんことを祈っているのだ。なぜならば、そのときこそ私は、一発のもとに怪獣男爵をうち殺そうと思っているからだ。

しかし、もしその日がくる前に、怪獣男爵が島を脱出するようなことがあったら。

……それを思うと私は髪の毛も白くなるような恐怖を感じる。

古柳男爵は悪魔のような知恵の持ち主なのだ。このことは世間で知らぬ者はない。しかも、いまやその上に、怪獣ロロの腕力とすばしっこさを得た。鬼に金棒とはこのことだろう。

ああ、恐るべき怪獣王、ゴリラ男爵！

神よ、この怪獣をほろぼすために、一日も早く、私の命を召したまえ。

北島博士の恐ろしい手記はそこでおわっていたが、それを読みおわった小山田博士と等々力警部の顔は、真っ青になっていた。

「先生、こりゃアしかし、ほんとうのことでしょうか。北島博士は気がちがっていたのではありますまいか」

そういいながら等々力警部は、ベットリと額ににじんだあぶら汗をぬぐっている。

「いいえ、警部さん、そんなことはありません。ぼくたちはげんにこの目で、怪獣男爵を見たのです」

恭助がいった。

「おとうさん、怪獣男爵はほんとうにいるんですよ。ぼくたちのヨットが、男爵島へ流れついたのがいけなかったのです。男爵は小男の音丸と示し合わして、北島博士をしめ殺し、ぼくたちのヨットに乗って脱出したのです」

史郎もそばからことばをそえた。そしていまさらのように身ぶるいした。きっと、あのときの恐ろしさを思い出したのだろう。

「何、それじゃ北島博士は、亡くなったのか」

「そうです、先生。しかし北島博士はそのとき、男爵にピストルで一発くらわしたそうですから、男爵は生きているとしても大けがをしているにちがいありません。だから、つかまえるのなら、いまのうちです」

「何、それじゃ男爵はピストルでうたれているのか」

小山田博士はハッとしたように、等々力警部と顔を見合わせた。それから思い出したように、床にたおれている緒方医師に目をやった。

わかった、わかった、これで何もかもハッキリしてきた。緒方医師が手当てをした、あの怪しい患者こそ怪獣男爵だったのにちがいない。と、すれば、いまや古柳男爵、あの大悪人の再生については疑うべくもない。

さすがの小山田博士も、あまりにも恐ろしい出来事に、しばしぼうぜんとしてことばもなかったが、そのときだった。またもやあの気味の悪い声が天井からふってきた。

「小山田博士……小山田博士……」

アッ。――と、一同は天井をふりあおぐ。何も知らぬ恭助、史郎、太ア坊の三人は、びっくりしてシャンデリアを見つめている。

「小山田博士……いやさ、小山田慎吾！」

と、気味悪い声はもう一度、博士の名をくりかえして呼ぶと、

「さあ、これでおれが……古柳男爵が約束どおり、この世に生きかえってきたことはわかったろうな。しかし、きさまはまだこのおれが、どんな姿になったか知ってはいまい。いまそれを見せてやる。おい、小山田博士。電気を消せ。そして、さっきのかくしボタンの下に、もうひとつかくしボタンがあるからそれを押してみろ！」

小山田博士はもうためらわなかった。いわれたとおり電気を消すと、もうひとつのか

くしボタンをさがして押した。

と、ふいに壁の一部分に、十センチ四方の穴がパックリあくと、そこからさっと一すじの光がさして、向こうの壁に世にも奇妙な姿をえがき出したのである。

「あっ!」

それを見ると一同は、暗やみの中で手に汗をにぎった。

「おとうさん、スライドですね」

「そうだ、スライドだ!」

小山田博士もあまりの不気味さに、ゾッと鳥膚が立つ思いであった。

ああ、そこにうつし出された姿の、なんという気味悪さ!

そいつはゴリラにそっくりだった。足がまがって、手が長くて、背中を丸くしてなかばはうようなかっこうをしている。それでいてそいつは、フロック・コートを着ているのだ。フロック・コートの上に黒いマントを着ているのだ。頭にはシルクハットをかぶっているのだ。足にはピカピカ光る靴をはいているのだ。

ああ、その姿のいやらしさ、みにくさ、あさましさ! まことにそれこそゴリラ男爵、怪獣王の名にふさわしい!

しかもこの怪獣男爵の左右には、奇妙な部下がふたり立っている。小男の音丸と、やぶにらみの蛭池だ。ふたりとも、驚き恐れる一同を、あざ笑うようににやにやしている。

「どうだ、わかったか、小山田博士!」

天井から、またあの恐ろしい声が落ちてきた。

「おれがこのようにあさましい姿になったのも、みんなきさまや、きさまに味方する社会のためだぞ。おれは生きかえった。約束どおり復讐してやる。きさまやきさまの味方の世間に対して、恐ろしい復讐をしてやるのだ！」

恐ろしい声は、そこでギリギリ奥歯をかみ鳴らすような音をさせると、

「きょうという日から、日本じゅうの人間は、まくらを高くして眠ることはできないだろう。おれはあばれてやる。あばれて、あばれてあばれまわってやる。それが怪獣王と生まれかわった、この古柳の復讐なのだ！」

怪しい声はそこでふたたび歯ぎしりの音をさせると、

「その手はじめが、おい、小山田博士、きさまだぞ。おれはきさまに息子をかえしてやる。その代わり、きさまの娘をもらっていく。きさまにとっては、目の中に入れても痛くないほどかわいい美代子だ。おい、小山田博士、早くうちへ帰ってみろ！　うちへ帰ってしらべてみろ！　美代子は無事かどうか……」

「おとうさん！」

史郎が何かいおうとすると、怪しい声はあざけるような高笑いして、

「史郎、きさまの電報はまに合わなかったのだ。美代子はおれがもらっていったぞ。殺しゃアしない。殺しはしないがもう二度と、きさまたちの手にはもどらないのだ。小山田博士、きょうはこれでお別れだ。あっはっは、あっはっは、あっはっはっはっは！」

悪魔の笑いはいつまでも、いつまでも暗やみの中にうずまいていた。……


「いいえ、非常ベルは一度も鳴りませんでした。こればかりは神かけて申しあげます」

「ばあや、ひょっとするとおまえ、いつもの仕掛けをするのを忘れていたのじゃないか」

「そんなことはございません。窓のほうはおじょうさまとごいっしょに仕掛けましたし、廊下のほうはお清さんとふたりで仕掛けました。ねえ、お清さん、そうでしたね」

お手伝いのお清はあまり意外な出来事に、さっきから泣いてばかりいたが、それでもばあやのことばをきくと力強くうなずいた。

小山田博士と等々力警部は、ぼうぜんとして顔を見合わせている。恭助や史郎、それに太ア坊の三人は、心配のあまり真っ青になっていた。

あれから一同はあわてて芝の高輪から、麻布狸穴にある、博士の屋敷へ帰ってきたのだが、怪獣男爵のことばはうそではなかった。いつの間にやら美代子はいなくなっていたのだ。しかも留守番のばあやもお手伝いも、小山田博士にきかれるまでは、少しもそのことに気がつかなかったのだから妙である。

「おじょうさま？　おじょうさまならお部屋でよくおやすみでございますわ」

一同の血相が変わっているのを、かえってばあやのほうがふしぎに思ったくらいである。

小山田博士も一時はこれでホッとしたが、念のために美代子の部屋をしらべたところが、部屋の中はもぬけのから。そこで大騒ぎになって家の中はもちろんのこと、庭のすみずみまで探したが、美代子の姿はどこにも見えなかった。それでいて部屋の中にはとりみだしたあともなく、美代子といっしょに、美代子のふだん着のセーラーや、靴がなくなっているだけだったが、ここに一つふしぎなことがある。

いったいこの家では、夜になると表玄関はいうまでもなく、窓という窓、ドアというドアには必ず秘密の仕掛けがほどこされるのだ。

それは赤外線警報装置ともいうべきもので、ドアならドアの内側に、赤外線の帯が床から三十センチばかりの高さにわたされる。赤外線だから目には見えない。そして、ちょっとでもその光線にふれたがさいご、家中のベルが鳴る仕掛けだ。しかもこの帯は相当ひろいから、たとえそこにそういう光線が張りわたされていることを知っていても、よけて通るということは絶対にできない。

これは博士が身を守るために考案した工夫で、美代子の部屋にもむろんその装置はしてあった。そして今夜美代子が寝る前に、その装置がはたらくようにしておいたと、ばあやはハッキリいっている。それだのに警報は鳴らなかったのだ。いや、鳴らなかったからこそ、ばあやもお手伝いの清も安心して、博士一行が帰ってくるまで、美代子のいなくなっていることに気がつかなかったのだ。ところがよくしらべてみると、美代子の部屋の窓に、ひとつだけ、内側のかけがねのはずれているのがあった。そしてその窓の内側だけ、赤外線の仕掛けが切ってあった。

「先生、ひょっとするとこの窓だけ、ばあやさんがしまりを忘れたのではないでしょうか」

等々力警部がそういったが、ばあやは決してそんなことはないといい張った。このばあやは非常に注意深い性質だし、また、うそをついてゴマかすような性質ではないから、これはほんとうのことにちがいない。

「と、すると、いったん仕掛けた装置を、あとからまた、切った者があると見なければなりませんが、いったいそれはだれでしょう」

「等々力さん、そのことだよ。五年前に古柳男爵……殺された夏彦男爵の令息、龍彦くんがゆくえ不明になったときも、やっぱりこのとおりだったのだ。その晩、龍彦くんはいつものとおり部屋に寝たが、つぎの朝になってみると、部屋の中はも抜けのから。しかも今夜と同じように、洋服も靴もなくなっていた。しかもその晩、叔父の冬彦は、遠方にいて、絶対に男爵邸へ近よらなかったことがわかっている」

「それでいて冬彦が誘拐したのですか」

「そうだ、そのことは冬彦男爵も白状している。しかし、どういう方法でやったのか、……部下がやったとしても、あんなにうまく連れ出せるはずがない。そうそう、そのころ男爵邸には、よく吠えるイヌがいたのだが、その晩は、一度も吠えなかったそうだ」

「おとうさん、龍彦くんの部屋の窓も、内側から掛け金が掛けてあったのですか」

「そうだ。うちと同じ仕掛けになっているのだが、その掛け金がやっぱりはずしてあった。しかもどこにも無理をして、こじあけた跡はなかったのだ」

「おとうさん、それでは龍彦くんも美代子も、まるで自分で部屋を出ていったようですね」

史郎がそういうと、小山田博士はハッとしたようすであった。

「史郎、よくいった。私はなぜそれに気がつかなかったろう。ほかに考えようがない以上、史郎のいうのが正しいかも知れない」

博士は急に部屋の中を歩き出したが、

「しかし、先生、そんなバカなことが！　夢遊病者じゃあるまいし、フラフラ出歩くなんて……美代子さんは夢遊病者じゃありませんよ」

そういったのは恭助だったが、それを聞くと博士はギクッと立ちどまった。そしてしばらく、何か考えていたが、やがてまた、オリの中のクマのように、部屋の中を行きつもどりつしながら、

「夢遊病……夢遊病……ああ、それにちがいない。……ばあや、ばあや！」

博士は急にばあやのほうをふりかえった。

「ばあや、おまえに聞くがね。きょう、美代子のようすに何か変わったことはなかったかね。どんなつまらないことでもいいのだ。へんだなと思われるようなことはなかったかね」

「はい。……」

ばあやはおどおどしながら、首をかしげて考えていたが、やがてハッとしたように、

「そうおっしゃればだんなさま、ちょっと妙なことがございました。あれは夕方の四時ごろでございましたでしょうか。表へ妙なチンドン屋がまいりまして、おじょうさんが見たいとおっしゃるので、お供をしてまいりました」

「妙なチンドン屋って、おばさん、どんなチンドン屋なの？」

太ア坊がはじめて口を開いた。

「それがほんとうに変わったチンドン屋で、ひとりは子供のような背たけの小男でした」

「小男？」

みんなが一度に叫んだので、ばあやはびっくりして目をパチクリさせた。

「あの、小男がいけないのでございましょうか」

「いや、いいんだ、いいんだ。それで……？」

「それからもうひとりは、へんな張りボテ人形をかぶっているので、姿、形はわかりませんが、妙に背中がまがっていて、はうようなかっこうで歩いているのでございます」

一同はゾーッとしたように顔見合わせた。

「ところで、その張りボテ人形ですが、目のところだけ切り抜いてあって、そこから中の人の目がのぞいております。ところが目というのが、なんともいえぬほど気味の悪い目つきなので、おじょうさまもはじめのうち、なるべくそのほうを見ないようにしていらっしゃいました。ところが、しばらくして私がふと気がつくと、いつの間にやらおじ

ょうさまは、その張りボテの目と、じっとにらめっこをしていらっしゃるのでございます。私、あまり気味が悪いものですから、おじょうさまの手をひいて帰ろうといたしましたが、そのときフッとおじょうさま、気が遠くなったように、私の胸へよろけかかっておいでになりました」

一同はまた、ゾーッとしたように顔を見合わせた。ばあやはなおもことばをついで、

「私びっくりして、おじょうさま、おじょうさまとお呼びしましたが、そのときのおじょうさまの顔色ったら、それこそ真っ青でございました」

「ばあや、そのときなぜそのことを、私にいってくれなかったのだ。私がそれを知っていたら」

小山田博士が沈んだ声でそういうと、ばあやもしょんぼり涙ぐんで、

「すみません、すみません。でも、二、三度お名まえを呼んでおりますうちに、血色もよくなり、もとどおり快活になられて、それからあとは、ふだんとちっとも変わったことはございませんでしたので……」

「ああ、いいんだ、いいんだ。けっしておまえのあやまちではない。さあ、ばあやもお清さんも部屋へおさがり。けっしてつまらぬことにくよくよするんじゃないよ」

ばあやと清は泣きながら、ていねいにおじぎをして出ていった。

一同はしばらくシーンとだまっていたが、やがて小山田博士が悲壮な顔をして、ほかの人たちを見わたした。

「等々力さん」

「はい」

「恭助」

「先生。……」

「史郎も太ア坊もよくおきき。われわれがこれから相手にしようという敵が、いかに容易ならぬ力を持っているか、いまのばあやの話でよくわかったろう。古柳男爵は昼のあいだに、美代子に催眠術をかけておいたのだ。それはそのときすぐに反応を示す催眠術ではなくて、夜の何時かになって、はじめて作用を示すのだ。その時間がくると、美代子は男爵にかけられた催眠術のために、自己催眠を起こした。そしてベッドから起きあがると、洋服を着て、靴をはき、赤外線の仕掛けを切っておいて、窓を開いて外へ出たのだ。まるで夢遊病者のように。……そして表に待っていた男爵の部下に、どこかへ連れさられたのだ。五年前、龍彦くんがさらわれたときも、やはりこれと同じ方法で、昼のうちに催眠術をかけられたのにちがいない。……ああ、美代子、かわいそうな美代子!」

小山田博士は悲痛な声をふりしぼると、よろめくようにイスに腰をおとして、ヒシとばかりに両手で顔をおおった。

一同はしばらく無言のまま、悲しそうに首を垂れていたが、やがて史郎はキッと顔をあげると、博士の肩に手をかけて、

「おとうさん、しっかりしてください。おとうさんがそんなに気をおとされたら、ぼくたち、どうしてよいのかわかりません。ねえ、おとうさん、戦いましょう。古柳男爵と戦いましょう」

「そうだ、史郎くん、よくいった。先生、ぼくたちも及ばずながらお手伝いします。ぼくたちはまだ若いし、なんの役にも立たないかもしれませんが、美代子さんを思うまごころだけはだれにも劣りません。先生、しっかりしてください」

恭助のことばのあとから太ア坊までが、

「そうだ、そうだ、おじさん、太ア坊だって手伝うよ。何がこわいもんか、あんなゴリラ！」

と、一生けんめいに肩をいからせたから、等々力警部もしぶい笑いを浮かべて、

「先生、これはこの人たちのいうとおりです。警視庁も全力をあげて戦います。古柳男爵だとて、まさか魔力の持ち主というわけではありますまい。きっとつかまえます。きっと粉砕してやります。そして美代子さんのゆくえもきっと探し出して見せますよ。しかし、先生、それにはぜひとも先生のご助力が必要なのです。先生、しっかりしてください」

警部のことばに小山田博士は、ふと顔をあげると、しばらく一同の顔をながめていたが、やがてキッと太いまゆをあげると、

「いや、これは私が悪かった。みなさん、許してください。私はあやうく自分の悲しみ

のために、社会のことを忘れるところだった。そうだ、これは美代子ひとりの問題ではない。ひろく社会の問題なのだ。社会のために古柳男爵ごとき人物は、だんこほろぼさなければならんのだ。みんなよくいってくれた。戦おう。そうだ、戦いあるのみだ。あいつをこの社会からほろぼしてしまうまでは、戦って、戦って、戦い抜くのだ。いいか、みんなきょうから、古柳男爵の最期を見とどけるまではどんな恐ろしいことや、どんな危ないことや、どんなむずかしいことにぶつかっても、戦って、戦って、戦い抜くのだぞ」

「やります、先生！」

「おとうさん、ぼくもやります」

「おじさん、太ア坊だってやるよ」

こうして小山田博士と等々力警部、それから恭助、史郎、太ア坊の五人のあいだに、固い誓いがかわされたのである。

ああ、かくて怪獣男爵に対して戦いは宣せられたが、はたして行く手はいかに。

雨か、あらしか。……

日月の王冠

その翌日の新聞には、怪獣王、ゴリラ男爵のことがデカデカと報道されて、世間の人びとをあっと恐怖のどん底にたたきこんだ。

そこには古柳男爵邸で発見された、スライド写真もかかげられていたし、また、北島博士の日記も、かなりくわしくのせられていた。

警視庁が新聞に、そういう記事や写真をのせることを許したのは、世間の人びとの力をかりて、一日も早く怪獣男爵を退治したいためであったが、これを見てだれひとり、恐れおののかぬ者はなかった。

怪獣王、ゴリラ男爵！

その名はいまや恐怖のシンボルとなり、フロック・コートを着た、あのいやらしい怪獣の姿は、人びとの夢にまで出ておびやかすのであった。

警視庁ではむろん、古柳男爵の邸宅を上から下まで大捜索（だいそうさく）をした。そして精巧な無電装置のいろいろを発見して、いまさらのように古柳男爵の天才に驚いたが、そのほかにこれという目ぼしい証拠も発見されなかった。

あの気味の悪い声がどこから放送され、また小山田博士たちの声が、どこへ向けて放送されていたのかもわからなかった。

それにしても、その後、怪獣男爵は、いったいどこへかくれているのだろう。ああいうみにくい姿をしているのだから、ちょっとでも人目にふれたらすぐわかるはずである。

人間ならば変装することもできるが、ゴリラには変装できない。

それにまた、怪獣男爵が両腕と頼む部下というのが、小男にやぶにらみ、これまた人目をゴマ化せない特徴を持っている。それにもかかわらずその後しばらくだれも怪獣男爵を見た者はないし、だれも怪獣男爵のうわさを聞いたものはなかった。

それについてある人は、怪獣男爵はまだ傷がよくならないのだろうといっていたし、またある人は、いやいや、傷はよくなったけれど、チャンスを待っているのだろう。そしていまに何か、恐ろしいことをしでかそうとたくらんでいるにちがいないといっていた。

こうして一週間たち、二週間と過ぎていったが、するとここにまた恐ろしいうわさがひろがった。そのうわさというのはこうである。

それは九月もおわりの、ある雨もよいの晩のことであった。小石川小日向台町に住む山村という人が、夜の十二時ごろ、自分の家へ帰ろうと、大日坂を登っていった。

大日坂という坂は、かなり急な坂で、昼でもあまりにぎやかなところではない。それが夜の十二時、しかもいまにも雨が落ちてきそうな晩だからいっそうさびしい。むろん人影などはどこにも見えない。

山村はうつむきかげんに、コツコツ坂を登っていったが、すると、にわかにあちこちで、けたたましくイヌの吠える声が聞こえた。それはまるで、台町じゅうのイヌというイヌがことごとく吠え出したかと思われるばかり。

山村はなんだか気味が悪くなった。深夜にイヌの声を聞くというのは、あまり気持ちのよいものではない。ましてやそれがあまり騒がしいからなにごとが起こったのかと、怪しい胸騒ぎをおぼえたが、するとそのときである。

何かしら真っ黒なものが、サアーッと風をまいて山村のそばを通り過ぎると、ころげるように坂をかけくだっていった。

山村はあっとうしろにとびのくと、びっくりしてうしろ姿を見送っていたが、するとそこへまた、サアーッと風をまいてとんできたのは、仔牛(こうし)ほどもあろうかと思われるオオカミイヌ。イヌはさっきの姿をめがけて矢のようにとんでいく。山村はハッと手に汗をにぎった。

大日坂のふもとに近いところに、なんのお宮かしらぬが小さい祠(ほこら)がある。その祠には常夜燈(じょうやとう)がついているから、真っ暗な坂の中でそこだけ明るい。

イヌはその祠の前でさきの姿に追いついた。そしてものすごい勢いでとびかかった。

山村はびっくりして、ハッとばかりに息をのんだ。イヌと人、そこで恐ろしい格闘がはじまったのだ。

はじめのうちオオカミイヌは、はなれてはとびつき、とびついてははなれ、ものすごいうなり声を立てていたが、やがてサッと相手ののど笛めがけておどりかかった。そして二つのからだはもんどり打って路上に倒れた。

倒れたまま二つの影は、あちらにゴロゴロ、こちらにゴロゴロころがっていったが、そのうちに、世にも恐ろしいうなり声が、夜のしじまをつらぬいた。

「ウオーッ！」

それはむろん人間の声ではない。と、いってオオカミイヌのうなり声でもなかった。

それはなんともいえない、恐ろしい、気味の悪い声だったが、それと同時に、

「キャーン！」

イヌの悲鳴が、ふるえるように、高く、長く、夜のしじまに尾をひいた。

戦いはおわったのである。あたりは急に静かになった。さっきから吠え立てていたイヌどもも、いつのまにか鳴りを静めていた。

と、そのとき、路上からヨロヨロと立ちあがった怪物……一瞬、その姿が常夜燈のあかりの中に浮かび出すのを見たとき、山村はからだ中の血という血が、いっぺんに冷えきるかと思われた。

ああ、それはまぎれもない、新聞にのった怪獣男爵の写真そっくりではないか。

怪獣男爵はころがっていたシルクハットをひろいあげると、にくにくしげにオオカミイヌをけとばし、それからひとこえ、

「ウオーッ！」

と、吠えると風のように暗い夜道を走りさった。

それからだいぶんたって山村が、こわごわイヌのほうに近づいてみると、なんと、オオカミイヌは口からまっ二つに引き裂かれているのであった。

怪獣王、ゴリラ男爵が大日坂に現れた。そして、仔牛ほどもあろうというオオカミイ

ヌを、まっ二つに引き裂いたといううわさは、たちまち東京じゅうにつたえられて、またまた、人びとをふるえあがらせたが、そのころ、小山田博士はただひとり、自宅の書斎に閉じこもっていた。

この書斎を博士はみずから夢殿と呼んでいる。聖徳太子が法隆寺の夢殿で、仏の道におもいをこらされたように、博士も自宅の夢殿で怪獣男爵に対する作戦を練っているのである。

怪獣男爵が大日坂へ現れたといううわさは、博士もすでに耳にしていた。そして、博士はいまそのことを考えているのだ。男爵はなぜ大日坂へ現れたのだろう。あのへんに何か用事があったのか、それとも男爵のかくれ家が、あの近所にあるのではあるまいか。あれこれと、そんなことを考えているところへ、玄関のベルが鳴った。博士はハッと身を起こすと、すぐ例のボタンを押した。するとデスクの上のスクリーンに、くっきり映し出されたのは、年ごろ三十歳くらい、一見して画家か彫刻家と知れる身なりの青年だったが、なんだかひどくとりみだしているようすであった。取り次ぎに出た恭助に向かって何やらしどろもどろにいっている。

「ははあ、やっこさん、よっぽど心配ごとがあるとみえるな」

博士がつぶやいたとき、卓上にパッと黄色の豆電気がついた。それは客を通しましょうか、追っぱらいましょうかと、恭助が相談しているのであった。博士はちょっと思案したのち、青電球のボタンを押した。ともかく、会ってみようと思ったのだ。

間もなく博士は応接室で、その青年と向かい合っていた。博士の前には、青沼春泥と印刷した名刺がおいてある。

「青沼くんというのですね。で、御用は……？」

博士がたずねると、それまでもじもじしていた青年が、急にけいれんするように身をふるわせて叫んだ。

「先生、助けてください。私を助けてください」

あまり出し抜けだったので、博士はびっくりしたように相手の顔を見なおしながら、

「助けてくれ？　それはいったいどういう意味ですか」

「私は狙われているのです。あいつに狙われているのです。ああ、恐ろしい。先生、お願いです。ぼくを助けてください」

「あいつ？　あいつとはだれのこと？」

「先生はご存じありませんか。一昨日の晩、あいつが大日坂に現れたということを。……ぼくは大日坂のすぐ上に住んでいるんです。あいつはぼくを狙ってやってきたのです！」

博士はギョッとして、もう一度相手の顔を見なおした。

「青沼さん、あなたのいっていられるのは、古柳男爵のことですか」

「そうですとも、あの恐ろしいゴリラ男爵！」

「しかし、あなたは何か古柳男爵に、うらみを受けるおぼえでもあるのですか」

「いいえ、直接にはなんの関係もありません。しかし、あいつに死刑を言い渡したのは……あいつに死刑を宣告した久米判事というのは、私のおじなのです。私は久米判事の妹の子で、判事にとっては生き残っている、たったひとりの身寄りなのです」

小山田博士は急にイスから立ちあがると、二、三度部屋の中を往復したが、やがて青沼青年の肩に手をかけると、

「わかりました。古柳男爵に死刑を宣告した久米判事は、去年亡くなられた。久米判事は独身だったから子供さんもなかった。そこで、判事の一番近い身寄りであるあなたを、あいつが狙っているというのですね」

「そうです、そうです」

「しかし、何か狙われているという証拠がありますか。あいつが大日坂へ現れたというだけでは、少しあいまいだが……」

「先生、これを見てください」

青沼青年がポケットからつかみ出したのは、しわ苦茶になった紙一枚。博士はふしぎそうに手にとってしわをのばして見たが、そのとたん、思わずアッと息をのんだ。

紙の上にベッタリ押してあるのは大きな手形、しかもそれは人間の手のひらではなく、いつか史郎たちが、男爵島のお城のホールで見た、あの血染めの手形とそっくり同じだった。

「いったい、こんなものがどこにあったのですか」

「けさ、うちの庭に落ちていたのです。知らずに落としていったのか、それともぼくをおどかすために、わざと落としていったのかわかりません。しかし、あいつがやってきたことはまちがいないでしょう。あいつよりほかに、こんな気味の悪い手形を持ったやつがいましょうか」

博士はしばらくそれを見つめていたが、やがてていねいに折りたたむと、

「これは私が預かっておきましょう。ところで青沼さん、私にどうしろとおっしゃるのですか」

「先生、それを私はおたずねしたいのです。ぼくはどうしたらいいのでしょう。とても、大日坂へ帰る気はしません。ばあやとふたりで……さびしくて、恐ろしくて、とてもそんな生活はできません。先生、ぼくはどうしたらいいのでしょう」

「青沼さん、あなたにお友だちはありますか」

「はい、牛込（うしごめ）のアパートに友人がいます」

「そう、それじゃ今夜からそこへとめてもらいなさい。古柳男爵に狙われているなんていうんじゃありませんよ。ほかの口実でね。では、私はいそがしいから……」

青沼青年はしかたなしにヨロヨロ立ちあがった。

「先生、ときどき、ぼく、ここへお伺いしてもいいでしょうか。ぼく、なんだか不安で不安で、おすがりできるのは先生だけなんです」

博士は黙って、相手の顔を眺（なが）めていたが、

「いいですとも、あまりたびたびは困るが、ときどきいらっしゃい。では……」

青沼青年はしぶしぶドアのほうへいったが、そこで思い出したように、

「あっ、そうだ、忘れていた。先生、さっきの手形のほかに、こんなものが落ちていたんですよ」

それは一枚の新聞の切り抜きだったが、博士はそれを見たとたん、電気にでもさわったように、ビリリとからだをふるわせた。

それから間もなく青沼青年が出ていくと、史郎と太ア坊が、ゲラゲラ笑いころげながら、応接室へとびこんで来た。

「おとうさん、宇佐美さんとてもうまいですよ。すっかりルンペンになっちゃった」

「うん、あれならあの人と向かい合っても、さっき取り次ぎに出た書生さんだと気がつきゃアしないや」

「ああ、恭助がいまの青年を尾行していったんだね」

博士はにこにこ笑っている。

「ええ、さっきおとうさんがボタンを押したでしょう。『変装して客を尾行すべし』というボタンを。それで宇佐美さん、ルンペンになったんですが、それがとてもうまいんですよ」

博士はいったい、いつの間にそんなボタンを押したのだろう。思うにこの応接室にも、

人に知れないいろいろな仕掛けがあるにちがいない。

「おとうさん、いまの人をどうして尾行するの。何か怪しいことがあったの」

「いや、そういうわけでもないが、少し気にかかるところがあったものだから……」

「おじさん、ぼくも変装したいなあ。おじさん、ぼくにも何か役をいいつけてくださいよ。ぼく、変装して、きっとゴリラ男爵をつかまえてみせる」

太ア坊は目をギョロギョロさせながらりきんで見せたが、ああ、それから間もなく太ア坊が、ほんとうに変装して、大活躍するようになろうとは、そのときだれも、夢にも知っていなかったのである。

そのときまた表のベルが鳴った。こんどやってきたのは等々力警部であった。警部が応接室へはいってくると、史郎と太ア坊はえんりょして部屋を出ていった。

「等々力さん、また何かありましたね。いやあ、かくしたってわかります。ちゃんと顔に書いてあります。今度はどんなことですか」

警部は苦笑いをしながら、

「いや、先生にあっちゃかなわない。実はね、またへんなことがあったんです」

警部の話によるとこうである。きょう、警視庁へ沢田という男がやってきた。沢田というのは東京で知られた、洋服仕立職人だが、その沢田が等々力警部に向かって、次のような話をしたというのである。

このあいだ、沢田のところへ電話がかかってきた。電話の主は、名まえをいえばだれでも知っている有名な金持ちだったが、その人のいうのに洋服をこしらえたいが、寸法をとりにきてくれないか。もしきてくれるなら、自動車を迎えにやるというので、承知をして待っていると、間もなくりっぱな自動車がやってきた。それでそれに乗ると……。

「中にやぶにらみの男がいたのじゃないかね」

「そうなんです。もっとも黒眼鏡でやぶにらみはかくしていたそうですがね。さて、そのあとは緒方医師の場合と同じで、黒い布で目かくしされ、連れこまれたところにゴリラ男爵がいた。そしてそこに三日とめおかれて、男爵の着ているフロック・コートや、マントとまったくちがわぬ洋服を仕立てさせられたというのです」

「生地やミシンは？」

「それはすっかり向こうで用意してあったそうです。ところがその生地というのも、男爵が着ているのと、まるで同じだったといいますから、男爵はよっぽどこり性で、少しでもちがったものだと気にいらないのですね」

生地も型も寸法も、まったく同じ二着の洋服。……小山田博士はなんとなくふに落ちぬものを感じて、妙に胸が騒ぐのをおぼえた。

「それで帰りもやっぱり目かくしされたので、どこへ連れこまれたかわからないというのだろうね」

「そうなんです。ところがおかしいことには、その男のいう部屋のつくりというのが、高輪にある、古柳邸のあの一室にそっくりなんですよ」

「なんだって！」

小山田博士は思わず大声で叫んだが、すぐ気がついたように、

「しかし、あの家には見張りがついているんだろう」

「そうなんです。だから、あの家であるはずがないんですが、そいつのいうところをきくと、何から何まで、あの部屋にそっくりなんです。どうもへんな話なんですよ」

小山田博士は黙って考えていたが、

「いったい、それはいつのことなんだね。その洋服屋が連れ出されたのは……」

「いまからちょうど、一週間前のことで、そこに三日閉じこめられていたそうです」

「すると、大日坂の事件より前のことだね。だけど、その洋服屋、なんだってもっと早く、そのことを届けて出なかったのだろう」

「それがね、送り帰されてきたその日からどっと寝ついて、きょうまで気がへんになっていたんだそうです。むりもありませんや。相手はいま評判のゴリラ男爵。ずいぶん、こわい思いをしたでしょうからねえ」

二着の洋服、二着の洋服、何か気になる二着の洋服。……小山田博士はしばらく無言で考えていたが、やがて思い出したように、

「そうそう、こっちにも話があってねえ」

と、さっきの青沼春泥のことを話すと、

「……でね、古柳男爵が手形のほかに、こういう新聞の切り抜きを落としていったとい

うのだ」

等々力警部もその切り抜きを見ると、あっとばかりに驚いた。

来る十月三日は億万長者五十嵐宝作氏の八十歳を迎えた祝いである。そこで五十嵐家では当日午前より、大勢の親戚や友人を招いて、邸内において大祝賀パーティーを開くはずだが、ここに興味のあるのは、宝作氏は日本でも有名な宝石のコレクターで、あつめた宝石の数知れず、なかでも『日月の王冠』といわれる王冠は、黄金の台に日月ならびに七星をかたどった、粒よりのダイヤモンドがちりばめてあり、世界的に名高い宝物だが、当日はこれをお客さんに見せる由。

「先生、ひょっとすると古柳男爵は、こっちの計画に感づいているのではありますまいか」

「ふむ、そして部下をつかって、この記事で、私の顔色をよみにきたのではあるまいか……そう思ったものだから、恭助にその青年を尾行させたのだが……とにかく青沼春泥という男の身もとを、一度よく洗ってみる必要があるね」

と、小山田博士はつぶやいた。

さて、こちらは宇佐美恭助である。

先生の命令で春泥を尾行していると、いつの間にやら高輪台町までやってきたから、恭助は大いに怪しんだ。

高輪台町といえば古柳男爵の屋敷のあるところ、さてはこいつも男爵の仲間かと、ハリキッて尾行していると、春泥は男爵邸のほうへは行かずに、裏通りへはいっていったから、はてな、それでは見当がちがったかなと思っていると、急に春泥のようすが怪しくなってきた。なんとなくソワソワとして、前後左右をうかがっている。

「はてな、やっこさん、何を狙っているのかな」

恭助はいよいよハリキッた。

時刻は雀色のたそがれどき、静かな屋敷町には人影もない。

と、ふいに身をひるがえした春泥は、五、六段、ひろい石段をかけのぼったかと思うと、サッとかたわらの建物の中へとびこんだ。

「しまった!」

と、叫んだ宇佐美恭助、あわてていま春泥のとびこんだ建物の前へかけつけたが、そこでアッとばかりに目を見張ったのである。

教会――と、ひと目でわかるその建物の破風には、夜目にもしろく『高輪教会』。

高輪教会といえば、緒方医師が男爵邸へ連れこまれた晩、鐘の音を聞いたという教会ではないか。春泥はこの教会になんの用事があるのだろう。いや、用事があるとしても、あの怪しいそぶりはどうしたことか。

恭助も急いで石段をかけのぼると、表のドアを押してみたが、残念、中からかんぬきがはまっているらしい。そこで恭助は横のほうへまわってみたが、さいわい窓がひとつあいている。そこから中をのぞいてみると、いるいる、薄暗い祭壇の上の、大円柱のかげにかがんで、なにやらモゾモゾやっているのは、たしかに青沼春泥である。

「はてな、何をしているのだろう」

恭助は窓にとりつき、一生けんめいに中をのぞいていたが、そのときである。

「あなた、そんなところで何をしていますか」

うしろから声をかけられ、しまったとばかりにふりかえると、そこに立っているのは黒い服をきた修道尼。尼僧は清らかな目を見張って、怪しむようにマジマジと恭助のようすを見ている。

「いえあの……いまここへ怪しい男がとびこんだものですから……」

尼さんはかすかにほほえんだ。信用しないという顔色である。恭助はやっきとなって、

「ほんとうなんです。ほんとうにへんな男がとびこんだんです。ほら、あそこに……」

だが、春泥の姿はもう見えなかった。恭助がびっくりして、目をパチクリさせていると、尼さんはまたほほえんで、

「そうですか。それではひとつしらべてみましょう」

尼さんはおちつきはらって、横のドアから静かに中へはいっていく。恭助もそのあと

からついてはいったが、ふしぎなことには、春泥の姿はどこにも見えないのだ。尼さんとふたりで、すみからすみまで探してみたが、春泥の姿はついに発見できなかった。

「へんですねえ」

と、尼さんがつぶやいた。

「妙だなあ。たしかにへんなやつがとびこんだのだがなあ」

恭助が弁解するようにいうと、尼さんは清らかなほほえみを浮かべて、

「私、あなたを信じています。私がいまへんだといったのは、このドアのことです」

尼さんは表のドアを指さした。ドアには内側から、しっかりかんぬきがおりている。

「私がいまここへきたのは、このかんぬきを閉め忘れていたことを思い出したからです。それがこうしてかかっているところをみると、だれかきたのにちがいありません。でも、その人はどうしたのでしょう」

「ぼくにもわかりません」

恭助は念のために、窓という窓をしらべてみて見たが、みんな内側から掛け金がかかっている。いよいよもってふしぎである。

「ぼくが窓からのぞいたときには、たしかに、この辺にしゃがんでいたのですが……」

恭助は大円柱の根元を指さしたが、そのとたん、危うく声を立てるところであった。祭壇の上にピカリと一つ光るもの、宝石のようである。恭助はすばやくひろってポケットへおさめたが、さいわい尼さんは、気がつかなかった。

「ほんとにふしぎですねえ。でも、いないものはしかたがありません。外へ出ましょう」

人を疑うことを知らぬ尼さんに対して、恭助はなんだかはずかしくなってきた。そこで照れかくしに、

「この教会の鐘はじつにいい音がしますねえ。あれを聞くと、なんだか心が洗われるような気がしますよ」

と、そういうと、尼さんは静かにほほえんで、

「ええ、おかげさまで、やっと修繕ができてきて、また前のように鳴るようになりました」

「え、それじゃ、どこかいたんでいたのですか」

「ええ、ひびがはいって鳴らなくなったのです。夏の中ごろからこの月の初めにかけて……」

「なんですって！」

恭助はギョッとして思わずそこに立ちどまった。

「そ、そんなはずはありませんよ。九月一日の夜、鐘の音を聞いたという人がありますもの」

尼さんはおだやかに首をふって、

「いいえ、その人はまちがっています。鐘が鳴らなくなったのは、八月十五日のことで、そのつぎの日に修繕にやって、やっと九月の五日に修繕ができてきたのですから、九月

一日にあの鐘が鳴るはずがありません」

恭助は何が何やら、わけがわからなくなった。それでは緒方医師が聞いたという鐘の音はいったいなんだったのであろうか。

極東大サーカス

恭助の話を聞いて小山田博士も驚いた。

青沼春泥はどこへ消えたのか。また恭助のひろってきた宝石はだれが落としたのか、前からそこに落ちていたのか、それとも春泥が落としたのか。春泥が落としたとすれば、どうしてかれはこのような貴重な品を持っていたのであろうか。

さらにおかしいのは鐘のことである。八月十五日から九月五日まで鐘が鳴らなかったとすれば、九月一日の晩、緒方医師が聞いた鐘の音は、どこかほかで鳴らされたものにちがいない。ところがしらべてみると、その辺で高輪教会以外に、どこにも鐘など鳴らすところはない。さらにもっとふしぎなのは、男爵邸の近所に住んでいる人びとに聞いてみても、九月一日の晩に、鐘の音を聞いたという人はひとりもいなかった。

とすれば緒方医師はうそをついたのであろうか。いやいや警視庁でしらべたところでは、緒方医師は人格者だということだし、小山田博士が会って話した感じでも、うそをつくような人とは思えなかった。とすればあの晩緒方医師は、夢でも見たのだろうか。

考えれば考えるほど怪しいことだらけである。小山田博士はもっとくわしく、このことをしらべてみたかったが、残念ながらそのひまがなかった。と、いうのは五十嵐宝作老人の祝賀会がせまってきたからだ。

きみたちはすでにお察しのとおり、宝作老人のお祝いに、『日月の王冠』をかざるようにしたのは、小山田博士の入れ知恵であった。宝作老人はいつか怪事件にまきこまれて、危うくむじつの罪におちようとしたところを、博士に助けられたことがあるので、博士の頼みとあれば、どんなことでもきいてくれるのだ。

「わかりました、小山田先生」

博士の頼みを聞くと宝作老人は、八十歳とも思えぬつやつやとした童顔をほころばせ、

「つまり王冠を餌(えさ)にして、男爵をおびき出そうというのですな」

「そうです、そうです。古柳男爵はすぐれた学者で、しかも悪知恵にたけた大悪人ですが、ひとつだけ大きな弱点を持っている。すなわち、宝石ときくとどんな危険をおかしてでも、手に入れたくなる病気です。だからいま、『日月の王冠』が金庫からとり出されて、お客さんにひろうされると知ったら、たとえそれがわなだと知っても、きっと奪いにくるにちがいありません」

「いや、よくわかりました。古柳男爵のような大悪人を、捕らえるために役立てば、こんなけっこうなことはありません」

「さっそくご承知くださいましてありがとうございます。しかし、ご老人」

　と、博士は急に声をひくめると、

「何といっても相手は悪知恵にたけた古柳男爵。こちらも十分警戒はしますが、万が一ということもあります。そこでどうでしょう。表向きは『日月の王冠』をかざるということにして、こっそりにせ物をこさえてかざったら……」

　小山田博士がそういうと、宝作老人はもってのほかという顔をした。

「それはいけません。たとえ男爵をおびきよせるためとはいえ、ほかのお客さんにも見ていただくのでしょう。何も知らぬお客さんをだますというのはいけない。あとでにせ物とわかってごらん。五十嵐宝作、一代の恥辱です」

「なるほど。それではできるだけげんじゅうに、警官たちに守ってもらいましょう」

「それもけっこうだが、あまり王冠王冠と騒いで、制服のお巡りさんなどおいてくださるな。そんなことをすれば、お客さんがたも不愉快だし、宝作め、王冠がおしゅうてお客さんを泥棒(どろぼう)あつかいにしたといわれては、わしもめんもくない。あまり大げさにしないように」

「なるほど、それもそうですね。それでは王冠に手をふれたら、立ちどころに警報が鳴るように仕掛けておいては……」

　博士がそういうと、宝作老人はしばらく考えていたが、

「いや、それもやめよう。お客さんの中には、手にとって見たいと思う人があるかもしれない。そのたんびにジリジリ鳴っては失礼にあたる。小山田さん、あんたの親切はよ

うわかる。しかし、世の中万事運しだいじゃ。とるもとられるも時の運。万が一、盗まれたところで、わしがあきらめればそれでよい」

さすがは裸一貫から、億万長者になった宝作老人、王冠のひとつやふたつ、ものの数とも思わぬ口ぶりだったが、それだけに小山田博士の責任は重大である。

もしものことがあってはと、しきりに心をいためていたが、そうこうしているうちに、やってきたのが十月三日、祝賀会のパーティー当日だ。

さいわいその日は秋晴れのよい天気。祝賀会はおもに庭園でおこなわれる予定だから、まことに好つごうであった。

やがて午前十時半ともなれば、五十嵐家の表門には、あとからあとから自動車がついた。

パーティーは午後零時にはじまって、三時か四時におわる予定だった。つまり問題の王冠は、十一時ちょっと前に大金庫からとり出され、四時には元の金庫へしまわれる。

このことは新聞にも出ていたから、怪獣男爵がくるとすればそのあいだだ。午前十一時から午後四時まで、それこそ小山田博士にとっては、命をけずる五時間だった。

さて、問題の王冠は、いまやガラスのケースに入れられて、大広間の真ん中にかざってある。

宝作老人にお祝いのことばをのべた人びとは、何をおいても評判の王冠を見ようと、広間のほうへやってくるから、王冠のまわりには、いつも人がひしめき合っていた。

なるほど、これでは特別の張り番はいらぬかも知れぬが、それにしてもあたりにひとりも、番人らしい者がいないのは不用心この上もない。

等々力警部や恭助はどうしているのだろう。


こうして午前ちゅうは何事もなく過ぎた。

零時になるといよいよ祝賀のパーティーだが、これは庭に張った大テントの中でおこなわれる。

テントは三百人以上も収容できる大きさで、中にはりっぱな食堂ができていた。

やがて、正面に宝作老人、その左右に、親戚の人びと、そしてお客さんがたがそれぞれの席につくと、四、五人の代表が立って、それぞれお祝いのことばをのべる。それにつづいて宝作老人があいさつをすると、式はおわりで、あとはうちくつろいでごちそうということになる。

食事がおわるとあとはお客さんの自由行動。ひろいお庭は、売店みたいなものがたくさんできていて、お汁こでもサイダーでも、お好みしだいにふるまわれる。

一方、何もたべたくない人のために、遊戯場や、余興場がもうけてある。射的場だの、玉ころがしだの、ベビー・ゴルフだのがあるかと思うと、娘手踊り、手品に玉乗り、自転車の曲乗りなどもある。こういう余興場のタレントは、みな本職だが、きょう一日だけやとわれてきたのである。むろん、身もとも厳重にしらべてあった。

こうして一同、たのしい秋の半日をうち興じていたが、二時ごろになると、ちょっと興ざめするようなことが起こった。屋敷の外から、にわかにそうぞうしいバンドの音が聞こえてきたのだ。それはそのころ五十嵐家のうらの空き地へテントを張って、興行していた極東大サーカスの演奏するバンドの音であった。

五十嵐家のうらの空き地で、サーカスが興行しているということは、小山田博士も気にやんだ。そこで等々力警部に頼んでしらべてもらったが、別に怪しいところもなかった。

第一、サーカスがそこで興行をはじめたのは、宝作老人のお祝いが発表されるより前のことだから、怪獣男爵がいかに用意おこたりないとはいえ、そこまで手を打っているとも思えない。

それでも小山田博士は気になるままに、いちどサーカスの団長に会ってみたが、その人は正直そうなよい人であった。

さて、その日小山田博士は、目立たない服装をして、お客さんの中にまじっていたが、そうぞうしいバンドの音を聞くと、ふっとまゆ根をくもらせた。しかし、お客さんたちはすぐそのそうぞうしさに馴れたとみえて、たのしく打ち興じている。

小山田博士はこのあいだ、家の中をひとまわりしてみようと思った。時刻はすでに二時、四時までにはあと二時間しかない。

広間にきてみるとあいかわらずの人だかり。小山田博士はドアのそばに立って、ひとりひとりの客の顔を眺めていたが、べつに怪しい節もなかった。

博士はホッと安心したが、そのとき、ちょっと妙なことをしたのである。

ドアの両側には二メートルにもあまるそろいの大花瓶がおいてあって、大輪の菊がもりあがるようにいけてあるが、博士はその花瓶をかわるがわるコツコツたたいた。するとふしぎなことには花瓶の中からも、それにこたえるように、コツコツたたく音がする。

博士はそれを聞くとホッとしたように広間を出たが、そのとたん、おやとばかりに目を見張った。軽気球がひとつ、五十メートルばかりの上空に、フワリフワリと浮いているのだ。

博士はしかし、すぐそのあとで気がついた。

それは「印度の魔術師」と称する手品使いが、手品につかう軽気球である。見ると余興場の中でも、そこがいちばんの人だかりなので、いったいどんなことをするのだろうと、博士も好奇心を起こして見にいった。

印度の魔術師というのは、サーカスの力持ちのような大男で、顔じゅう真っ黒に墨をぬり、頭に白い布をまき、金や銀のいっぱいついた印度の服をきて、地べたにあぐらをかき、笛を吹いている。その魔術師の左右には、男の子と女の子が座っているが、これまた顔じゅう真っ黒にぬり、魔術師と同じような服をきている。ふたりとも黒い顔の中で、目だけが白く光っているが、その目はなんだか、夢を見ているように力がなかった。

さて、魔術師は笛を吹きおわると、マホメット教徒のように両手をあげてお祈りをした。ふたりの子供も両手をあげてお祈りをした。

お祈りがすむと、魔術師は口に指をあてて口笛をふいた。すると男の子が立ちあがって、軽気球の綱を登りはじめた。女の子も立ちあがって、綱を登りはじめた。

やがて綱を登った少年少女が、軽気球のかごの中にかくれると、こんどは魔術師が立ちあがった。そして腰につるした半月刀みたいな刀を抜きはなって口にくわえると、ものすごい形相をして綱を登りはじめた。

やがて魔術師の姿が軽気球の中にかくれたかと思うと、間もなく上からバサリと音がして何やら落ちてきた。見るとそれは少年の腕であった。

見物人があっとばかりに手に汗をにぎっていると、つぎからつぎへと、手だの足だの胴だのが落ちてきた。そして一番さいごに落ちてきたのは少年少女の首であった。

あまりのことに見物人が、真っ青になってふるえていると、やがてするすると魔術師がおりてきて、落ちている手だの足だの胴だのをつぎ合わせ、その上に首をのっけると、ああらふしぎ、たちまちもとの少年少女となって、手をつないでペコリとおじぎをした。

嵐のような拍手かっさいである。

「まあ、すてき、どうしてあんなことができるのでしょう」

見物人の中の美しい娘が、すっかり感心したようにつぶやくと、そばにいた物知りらしい紳士が、なにやら説明していたが、小山田博士が聞くともなしに聞いていると、それはだいたい、つぎのような意味のことばであった。

「なあに、あれは集団幻視というやつですよ。さっき魔術師が笛を吹いていたでしょう。あの笛の音を聞いているうちに、われわれはうっとりと夢見ごこちになって、ああいう幻を見せられたのです。それについておもしろい話がありますよ。印度ではこういう魔術がさかんにおこなわれているのですが、あるとき、アメリカかイギリスの旅行者が、こっそりその場を映画のフィルムにとったのです。人間の目はゴマ化せても、機械をごまかすわけにはいきませんからね。ところがあとでフィルムを現像して映して見ると、見物がああいう幻を見ているあいだ、魔術師も少年も地べたに座ったきり、ちっとも動いていないことがわかったのです。それで集団幻視ということがわかったのです」

「まあ、それじゃ一種の催眠術ですね」

「そうです。しかし催眠術としてもえらいものですね。これだけの人が全部、同じ幻を見せられたのですから」

催眠術――と、聞いて小山田博士はハッとしたときである。塀の外がにわかにさわがしくなったと思うと、裏門からなだれのようにおおぜいの人びとがとびこんできた。

「どうした！　何事が起こったのだ！」

「逃げたア！」

「逃げたア？　何が逃げたんだ」

「サーカスから猛獣が逃げた」

「ライオンが逃げた」

「大ニシキヘビも逃げた」

「ワニも逃げた」

「ゴリラも逃げた」

「わっ、こっちへくるウ！」

口々にわめきながら、押し合い、へし合い、サーカスの見物人がなだれをうって、裏門からとびこんできたから、さあたいへん。五十嵐家の邸内は上を下への大騒動になった。

五十嵐家のお客さんだけでも、三百名以上いたところへ、サーカスの見物人がまた二、三百、なだれこんできたのだから、さしもひろい邸内も人に埋まって、しかもその人たちが、

「あっ、あそこへライオンがきた！」

「ゴリラだ、ゴリラだ！」

「キャッ！」

「あれ、助けてえ！」

悲鳴とともにウロウロするのだから、

「しまった！」

と、叫んだ小山田博士、広間のほうへとってかえそうとするのだけれど、人波に押しかえされて思うように進むこともできない。と、そのときどこかで、

「ウオーッ！」

と、恐ろしいライオンのうなり声。

「ズドン！」

と、ピストルをぶっぱなす音。五十嵐家はもちろんのこと付近いったい、恐怖のどん底にたたきこまれたのである。

ちょうどそのころ広間では、まだ五、六名の客たちが、王冠をとりかこんで、口々に感心したり、賞めそやしたりしていたが、そこへバラバラと血相かえた人びとがとびこんできたから、みんなびっくりして王冠のそばを離れた。

「ど、どうしたんです。何があったんです」

「何があったどころじゃありませんよ。サーカスから猛獣が逃げ出したんです」

「何、猛獣が……？」

「そ、そうですよ。ライオンもゴリラもワニもニシキヘビも、みんなみんな逃げ出したんです。ぐずぐずしているとかみ殺されますよ」

「ワッ、そ、それはたいへん」

みんないっせいに広間をとび出したが、あとにたったひとりだけ、とり残された人がある。それは黒い眼鏡をかけ、八字ひげをはやしたりっぱなフロック・コートの紳士であったが、みんながとび出していくのを見ると、黒眼鏡のおくでニヤリと笑った。

それからあたりを見回すと、ツツツツーッと、すべるようにガラスのケースに近よった。そしてそこでもう一度、すばやくあたりを見まわすと、ケースを開いて、やにわに王冠に手をかけた。だれもいない、だれもとがめるものはない。……よしとばかりに怪しい紳士、王冠をケースの中からつかみ出したが、そのとき、うしろでガサリという音。

怪しい紳士はギョッとばかりにとびあがって、音のしたほうをふりかえったが、そのとたん、髪の毛がいっぺんに逆立ちになった。

庭のほうから、ノソリノソリとはいって来たのは、正真正銘まがいなしのゴリラである。いまサーカスから逃げ出したやつであろう、身のたけ二メートル以上もあろうという大ゴリラ。怪しい紳士はそれを見ると、ポケットからピストルを出すと、やにわに一発ぶっぱなした。それがいけなかったのである。

いったい、このゴリラは、ながらくサーカスに養われているだけに、いたっておとなしいやつなのだが、紳士のはなった一発が、ヒュッと頰っぺたをかすめたから、にわかにカッと血が頭にのぼったのだ。

「ウォーッ！」

と、ものすごいうなりをあげると、背中を丸めて、サッとばかりに、怪しい紳士にとびかかった。

「た、助けてえ！」

紳士は二発目をうつひまもなかった。ゴリラの怪力にしめられて、苦しそうな悲鳴をあげたが、それより少し前のことである。ドアの両側にある大花瓶から、半身のぞかせてこの場のようすを見ている者があった。

それは等々力警部と宇佐美恭助である。ふたりは紳士が、王冠に手を掛けるところを見ていたのだが、とび出そうとするところへ、はいってきたのがあのゴリラ。

あっという間もなく、この騒動が持ちあがったのだから、しばらくふたりはびっくりして、その場のなりゆきを見ていたが、やがて恭助は、ハッと気がついて、ピストルをとり出すと、花瓶の中からゴリラに向かって、キッと狙いをさだめたが、ときすでにおそかった。

ゴリラと怪紳士のあらそいは、すぐかたがついてしまった。

グッタリと気をうしなった怪紳士のからだを、床の上に投げ出すと、ゴリラはそこに落ちている王冠をとりあげた。そして、珍しそうにしばらく王冠をおもちゃにしていたが、やがてそれを頭にかむった。

それから意気ようようとして広間を出ていった。

それを見て驚いたのは等々力警部に宇佐美恭助、あわてて花瓶からとび出すと、ゴリラのあとを追おうとしたが、その前に気がついて、怪紳士のからだを抱き起こしたが、そのとたん、恭助のくちびるから、あっと驚きの声がとび出した。

「あっ、こ、これは青沼春泥!」

いかにも、ゴリラともみあっているうちに、黒眼鏡も八字ひげもとんでしまったその顔は、たしかに青沼春泥である。

さて、こちらはゴリラだ。

王冠をかぶって意気ようようと広間を出ると、驚いたのは庭の人びと。

「やあ、ゴリラが出てきたぞ」

「あっ、王冠をかぶっている」

口々に立ち騒ぐから、めんどうとでも思ったのか、スルスルとかたわらの木によじ登ると、ポンと二階のバルコニーへとびうつった。

「やあ、ゴリラがバルコニーにとびうつった」

「めんどうだ、うち殺してしまえ」

人びとがワイワイ騒いでいるところへ、息を切らしてかけつけてきたのはサーカスの親方である。

「ま、まあ、みなさん、待ってください。あのゴリラはおとなしいやつで、こちらから手出しをしないかぎり、けっして人に害を加えるようなことはありません。どうか私にまかしてください」

と、立ち騒ぐ人びとをなだめておいて、ゴリラのほうへ向きなおると、

「これ、五郎や、おとなしくこっちへおりてこい。みなさん、けっしておまえにわるさをなさろうというのじゃない。さ、さ、早くこっちへおりてこい」

五郎というのがゴリラの名まえらしい。しかしその五郎、さっきの怪紳士とのいきさ

つがあるから、ごきげんはなはだよろしくない。ケロリとそっぽを向いたまま、おりてこようとはしないのである。

「これ、どうしたのじゃ。いつもは、いたってききわけのよいおまえだのに、これ、五郎、五郎……あっ」

と、息をのんだのは、サーカスの親方ばかりではなかった。そこにい合わせた人びとは、みな同じように息をのんだ。

バルコニーの上には、直径三メートルもあろうかと思われる、大きな薬玉がぶらさがっている。この薬玉は祝賀会が終わるとき、宝作老人の手によってわられる予定であった。そして、薬玉がわれると五色の吹き流しと、平和のしるしのハトが数十羽中からとび出すはずであった。

ところが、ああ見よ。いまその薬玉のわれ目から、ヌーッと二本の腕が出てきたではないか。しかも右手には、ギラギラするような短刀をにぎっている。

ゴリラはなんにも知らないで、王冠をかぶったまま、すました顔で、バルコニーの上をノソノソ歩いている。そのゴリラが薬玉の真下まできたときだ。一本の腕がうしろからやにわにゴリラの首をつかむと、ハッシ！　柄をもとおれと短刀をふりおろしたからたまらない。

「ギャッ！」

ゴリラはものすごい悲鳴をあげた。と、そのせつな、ヒラリと薬玉の中からとび出して、ゴリラの肩にとび乗ったのは、ああ、なんということだ。まぎれもない、怪獣王、ゴリラ男爵！

「ゴリラ男爵だ、ゴリラ男爵だ！」

恐ろしいささやきと戦慄が、つなみのように人びとのあいだをつたわった。みな、いちように、化石になったように、バルコニーの上の活劇を見守っている。

「ウオーッ」

最初の一撃に恐ろしい深傷をおったゴリラだったが、それでも必死になってあばれまわる。しかし、ゴリラ男爵はゴリラの背中に吸いついたように抱きついたまま、ハッシ、ハッシと、つづけざまに、鋭い刃物をふりおろす。

「ウオーッ、ウオーッ！」

天地もひっくりかえるようなゴリラの叫び――しかし、いかにたけだけしい猛獣でも、つづけざまにこう突かれてはかなわない。

「ウオッー！」

と、さいごに一声、世にものすごい叫びをあげると、血だらけになってバルコニーから下へ落ちてきた。

そのとたん、ゴリラの頭からすかさず王冠を抜きとったゴリラ男爵、すばやくあたりを見まわしたが、やがてバルコニーに張りわたしてある綱をプッツリ切った。

この綱というのは、庭の真ん中に立てた柱から、八方へ張られた万国旗の綱なのである。ゴリラ男爵はその綱の強さをはかっていたが、やがて頭にかぶったシルクハットを投げすてて、代わりにスッポリ王冠をかぶると、血に染まった短刀をきっと口にくわえ、一イ二ウ三イ、調子をつけると、サッとバルコニーの手すりをけった。

ああ、あざやかな怪獣男爵の大曲芸。

綱をにぎった男爵のからだは、時計のふりこのように、ツウーッと空中にカーブをえがいたが、ころあいを見はからって、さっと両手をはなすと、ヒラリととび移ったのは軽気球の綱である。

男爵はその綱にとび移ると同時に、足もとからプッツリ綱を切ったからたまらない。いままで地上につなぎとめられていた軽気球は、フワリフワリととび出した。

「しまった！　軽気球で逃げるぞ！」

そのとき、やっとその場にかけつけてきたのは、小山田博士に等々力警部、それから宇佐美恭助の三人だった。

ズドン、ズドン！

下からピストルをぶっぱなしたが、ゴリラ男爵はゆうゆうとして綱を登っていく。と、そのとき、軽気球のかごの中から顔を出したのは、印度の魔術師と少年少女。魔術師は上から綱をたぐっている。

男爵はようやくかごのそばまで登ったが、そこでくるりと下を向くと、

「やい、小山田博士、きさま、かごの中のふたりをだれだか知ってるか、あのふたりこ

そ、おれのおいの龍彦と、きさまの娘の美代子だぞ！」

あっ！　と叫んだがときすでにおそし、軽気球は風に乗って、フワリフワリととんでいく……。

ロロの正体

その夜の東京はたいへんな騒ぎであった。

怪獣男爵もそうだが、それよりももっと身にせまった危険は、極東大サーカスからとび出した猛獣である。

サーカスから逃げ出した猛獣のうち、ゴリラだけはゴリラ男爵の手によってたおされたが、ライオンやワニや大ニシキヘビは、どこへもぐりこんだのか、その夜のうちには発見されなかった。

しかも、極東大サーカスというのは、たいへん大仕掛けな曲芸団だったから、ライオンも一頭ではなく三頭いたが、その三頭がみんなオリからとび出したというのだからたいへんだ。

警視庁もすててはおけない。都心といわず都下といわず、武装警官を総動員して、猛獣警戒にあたらせた。警官たちにはそれぞれピストルがわたされて、見つけしだいうち殺してよろしいという命令であった。

それ以外にも勇敢な人びとは、自警団のようなものを組織して、町内の警戒にあたった。飛び道具を持っている人は飛び道具を、刀を持っている人は刀を、飛び道具も刀も持たない人は、棍棒(こんぼう)だのマサカリだのを持ち出して、何しろたいへんな騒ぎであった。

町という町にはかがり火がたかれて、まるで戦場のようなものものしさが、あちらでもこちらでも見られた。

それでもライオンはまだよかったが、気味の悪いのはワニとニシキヘビである。いつどこからはい出してくるのかわからないのだから、都民はひとり残らずビクビクとして夜も寝られなかった。

床下をネコが歩いても、天井をネズミが走っても、それ、ワニではないか、ニシキヘビではないかとおびえた。押し入れを開くときでも、ひょっとするとその中に、ニシキヘビがとぐろをまいているのではあるまいかと思うと、引き手にかけた手がふるえるくらいであった。

こういう騒ぎはまる三日つづいたのである。ライオンはわりに早くつかまったり、殺されたりしたが、ワニとニシキヘビは四日目の昼過ぎまでゆくえがわからなかったのである。

ワニはお茶の水のどろの中にひそんでいるのを、よなげ屋（川の中から鉄屑(てつくず)などをひろいあつめるのを商売にしている人のこと）に見つかって、大騒ぎになり、あつまってきた警官たちによってたちまちうち殺されてしまった。

ニシキヘビは麴町のある邸宅の庭へしのびこんで、飼っているニワトリを吞もうとするところを家の人に発見され、これまた警官たちに、よってたかってうち殺された。こうして四日目の晩になって、都民ははじめて枕を高くして寝ることができるようになった。

さいわい、そのあいだに殺された人はなかったが、けが人はそうとうたくさんあった。もし、恐怖のために一時的にしろ、気がへんになった人をかぞえたら、五、六百人の被害者があったろう。

それにしても、どうしてこんな騒ぎが起こったのか、それについてはサーカスの連中が厳重にとりしらべられたが、それによってわかったことによると、だいたいつぎのとおりであった。

極東大サーカスにも小男のピエロがひとりいた。ピエロというのは、顔にべたべたおしろいや紅をなすりつけ、おどけた身振りで、見物を笑わす役のことである。

小山田博士も前にサーカスをおとずれたとき、小男のピエロがいると聞いて、気になるままに会ってみたが、それは音丸とは似ても似つかぬ男だったから安心していた。

極東大サーカスのピエロは小虎といって、しごくおとなしい男であったが、酒がたいへん好きであった。そして酒をのむと、どこでもかまわず寝てしまうのであった。

ところがあの騒ぎのあった日、小虎がひとりで薄暗い楽屋のすみにいると、そこへ若い男がやってきた。小虎の話によると、その男は恐ろしいやぶにらみだったそうである。

やぶにらみの男は、口をきわめて小虎の芸をほめ、ちかづきのしるしだといって酒をすすめた。昼のあいだはけっして酒をのんではならぬと、親方からつねづねいわれていたのだが、相手があまりじょうずにすすめるので、つい一杯、つい二杯と、思わずさかずきを過ごすうちに、とうとう小虎は酔いつぶれて寝てしまった。そして、それからあとのことは何も知らぬという。

サーカスではそんなことはちっとも知らなかった。小虎が酔いつぶれてからも、サーカスの中には小男がうろうろしていたから、みんなはそれを小虎だとばかり思っていた。と、いうのが、前にもいったとおり、ピエロというのは、顔じゅうおしろいだの紅だのを、べたべたなすりつけているのだから、ちょっと見ただけでは、人の代わっているのがわからないのだ。

あの猛獣たちがとび出す少し前、小男がオリのまわりをうろうろしていたから、さてはあいつがオリを開いたのだろうと、あとになって気がついた。……

と、いうのが、サーカスの人たちが、口をそろえて述べ立てたところである。

これを聞いて警察は、すぐ思いあたるところがあった。やぶにらみの男とは蛭池という男にちがいない。そして怪しい小男とはいうまでもなく音丸なのだ。

ああ、怪獣王、ゴリラ男爵は、五十嵐邸のうらの空き地に、サーカスが興行しているのに目をつけて、部下に命じて猛獣たちを追い出させ、騒ぎに乗じて『日月の王冠』を盗もうという、それははじめからの計画だったのだ。

ああ、何という悪だくみ！

それを聞いたときには、日本じゅうの人が怒りにふるえて叫んだのであった。

「ゴリラ男爵をたおせ！」

「怪獣王を捕らえろ！」


だが、そのゴリラ男爵はどうしたのであろうか。五十嵐老人の祝賀会から、まんまと『日月の王冠』を奪いとった怪獣王、ゴリラ男爵は、軽気球に乗って大空高くまいあがったまま、その後ゆくえがわからない。

あの日、道行く人びとは、大空高くフワリフワリととんでいく軽気球を見て、はじめのうちはただ珍しそうに眺めていたが、そのうちに、ゴリラ男爵がその軽気球に乗っていると知って、それッとばかり自転車で追っかけていくものもあった。

警視庁でも都内はいうまでもなく、近県各地の警察に手配をすると同時に、自動車に警官たちをいっぱいつんで、軽気球のあとを追っかけはじめた。

だが、その追跡のまだるっこいったらない。その日は東の微風だったので、軽気球はしだいに西方へ向かって流れていったが、下から見ると、動いているのかいないのか、わからないほどの速度であった。まるで空中の一点のように、静止したまま、動かないような場合もあった。

そしてそのうちに日が暮れた。

あいにくその夜は、月の出がおそかったので、星明かりではどうにもならない。とうとう軽気球のゆくえはわからなくなった。

小山田博士は自宅の一室で、刻々はいる警視庁からの情報に胸をいためていたが、軽気球のゆくえがついに見うしなわれたと聞いたときには、胸も張り裂けるばかり、ふかい絶望のと息をもらした。

消そうとしても、消そうとしても、博士の目の中に浮かんでくるのは、顔じゅうを真っ黒にぬった少年少女の姿である。ああ、自分は目の前数メートルのところに、龍彦や美代子の姿を見ていたのだ。それでいて気のつかなかった自分は、なんという愚か者であったろうか。それを考えると博士のはらわたは、悲しみのためにちぎれそうであった。だが、その悲しみはすぐ怒りに変わっていった。

ああ、ゴリラ男爵のなんという悪らつさ。わざと目の前に、龍彦や美代子の姿を見せびらかして、自分の愚かさに手をうって笑おうという陰険さ。それを思うと博士の心は怒りににえくりかえり、よし、あくまでも戦ってやる。食うか食われるか、最後の最後まで戦ってやるぞと、また、新しい闘志ももえあがってくるのであった。

軽気球のゆくえは、その夜をさかいとして、ぜんぜんわからなくなってしまったが、五日目になって、奥多摩の山の中の、スギの梢（こずえ）にひっかかっているのが、たまたま通りかかった猟師によって発見された。

この報告を聞くと小山田博士は、等々力警部らとともに、すぐ警視庁の自動車に乗って、現場へ出向いていったが、むろん、そのころには軽気球の中はもぬけのからだった。ゴリラ男爵も印度の魔術師も、美代子も龍彦もいなかった。

「それにしても、先生、軽気球はここへ墜落したのでしょうか。それとも、着陸したのでしょうか」

「むろん、着陸したのだろうよ。あのゴリラ男爵が、墜落するようなへまをやるはずがない。しだいにガスを抜いていって、人目のない、この山中へ着陸したのだ。たぶん、それはあの晩のことだろう」

「しかし、それからどこへいったのでしょう。ああいう目立つ姿をして、うかうか山から出るのはずいぶん危険な話じゃありませんか」

「いや、それにはきっと迎えがあったにちがいない。きみもおぼえているだろう。高輪の古柳邸には、精巧な無電の仕掛けがしてあってね。古柳男爵はどこへでも持っていける、小型の無電装置を持っていて、いつでも部下と連絡できるにちがいないのだ」

はたしてその付近の村をしらべてみると、四日の朝早く、ものすごいスピードでとばしていった自動車があるという。

こうして小山田博士は、また失望の胸を抱いて東京へ帰ったが、博士の帰りを待ちかねたように、迎えに出た恭助がこういった。

「先生、さっき青山の病院から電話がかかってまいりまして、すぐきてくださいということでした。青沼という男が何か話があるそうです」

博士はそれを聞くと、すぐまた等々力警部といっしょにとび出していった。

ゴリラにしめられた青沼春泥は、あれきり死んでしまったのではなかった。あばら骨が折れているうえに、内出血がひどくて、とても命は助かるまいといわれていたが、ふしぎにきょうまで生きてきたのだ。

「ああ、よくきてくだすった。もうあと一時間もつかもたぬかわからない状態です。本人もそれを知っていて、息をひきとる前に、何か先生に申しあげたいことがあるようです。早く患者の部屋へいってください」

博士の姿を見ると、医者が早口にそういった。

春泥はほんとうに死にかけていた。しかしそれでも博士の姿がわかったらしく、せまりくる死の苦しさと闘いながら、一生けんめいに話をしたが、それは非常に興味のある打ち明け話であった。

古柳男爵は死刑の宣告を受ける前、春泥のおじの久米判事にわいろをおくって、少しでも罪を軽くしてもらおうとしたらしい。正直な判事はむろんそんなものに目をくれるはずがなく、だんこ死刑をいいわたした。

ところが去年判事が亡くなってから、春泥がおじの書類などかたづけていると、古柳男爵のおくった手紙が出てきた。その手紙はまるで謎のような文章であったが、中に、もし自分の罪を軽くしてくれるならば、かくしてある財宝の七分の一をおくるということばがあった。

七分の一――このことばが春泥の注意を強くひいた。半分とか、三分の一とか、また十分の一とかいうならわかるが、七分の一とは変わった数字である。

そこで春泥はこういうふうに考えた。古柳男爵は盗みためた財宝を、七つにわけてかくしておいたにちがいない。そして、そのひとつを判事におくろうとしたのだ――と。

そこで春泥は古柳男爵の身辺から、七という数字に縁のあるものを探し出そうとした。

「そしてきみはそれを探しあてたかね」

「探しあてました。そしてときどき出向いては、こっそり宝石を持ち出していました。ところが……ところが、こんど古柳男爵が生きかえって東京へ帰ってきたのです。男爵はすぐ、宝石のかずがへっていることに気がつき、間もなくそれが、だれのせいであるか感づいたのです。大日坂でイヌがさき殺された晩、男爵はじきじき私のところへやってきて、私を殺すとおどかしました。私は恐ろしさのためにふるえあがりましたが、すると、男爵は命を助けてやる代わりに、部下になれというのでした。私は……私は……」

そこまで話すと、にわかにタンがのどへからんできたらしく、はげしいふるえが、春泥のからだをおそったから、小山田博士もこれにはあわてた。

「よし、わかった！　それでだいたいの事情はわかったが、その財宝というのはどこにかくしてあるのだ」

「それは……それは……七つの鐘……七つの聖母……七つの箱……」

そこまでいうと春泥は、がっくり息がたえたのであった。

かんじんのところで春泥の息がたえたので、財宝のありかはまたわからなくなったが、しかし最後にもらしたかれのことばは、たいへん暗示的だった。

七つの鐘――七つの聖母――七つの箱――

それを聞くと小山田博士は、何か思いあたるところがあるらしく、ピクリとまゆを動かしたが、それから間もなく病院を出て、麻布狸穴の邸宅へ帰ってみると、そこにも話があるという人が、博士の帰りを待っていた。

それは極東大サーカスの団長で、ヘンリー松崎という男であった。

ヘンリー松崎というのは、いかにもサーカスの団長らしく、太いカイゼルひげをはやした大男だが、今度の事件ですっかり元気を失っていた。

「先生、私はもうだめです。ライオンもゴリラもニシキヘビもワニも、みんなみんな殺されてしまいました。動物がいなくては、サーカスもやっていけません。解散するよりみちはありません」

ヘンリー松崎はしょげかえったが、すぐギラギラと目を光らせて、

「それというのも、みんなあのゴリラ男爵のためです。私はあいつを八つ裂きにしてやりたい」

と、くやしそうに歯ぎしりしながら、

「それについて、先生のお耳に入れておきたいことがあるのです。先生、私はあのロロ

という怪物を知っているのです」

いままで黙って聞いていた小山田博士は、それを聞くとはじめてからだを乗り出した。

「ロロを知っている？」

「そうです。そうです。先生、まあ聞いてください。私どもはずっと昔から、ときどき満州へ興行にいくことにしていました。ところがそこでよくカチ合うのが、オーロラサーカスという、やっぱり同じような仲間です。団長はなんとかという長い名まえのロシヤ人ですが、私どもはペロ公ペロ公と呼んでいました。ところがそのペロ公の一座にいたのがあのロロです」

「松崎さん、それ、まちがいないだろうね」

「だれがまちがうもんですか。うちの座の者はみんな知っています。実は私ども、ついこのあいだまで旅まわりをしていたので、ゴリラ男爵の写真が新聞に出たのを知らなかったんです。このあいだ五十嵐さんのバルコニーで、私ははじめてゴリラ男爵を見たんですが、あれならペロ公の一座にいたロロにちがいありません」

「松崎さん、いったい、ロロとは何者だね」

「それですよ、先生。表向きはアフリカでつかまえたゴリラと人間の合いの子だなどといってましたが、そんなことはうその皮で、ありゃ正真正銘まちがいなしの人間なんで、つまり奇形人間なんですね。なんでもペロ公がカンシュク省かどこか、中国の奥地で見つけてきたので、あのとおり、顔といい、からだといい、ゴリラそっくりのようすをしてますから、ペロ公め、ゴリラと人間の合いの子だなどと吹きゃあがって、大もうけをしたんです」

「しかし、それをどうして古柳男爵が手に入れたのだろう」

「さあ、それです。あれは四、五年前のことでしたがね。ハルビンかどこかで興行中、ペロ公のテントから火が出ましてね、何しろ火のまわりが早かったから、あっという間もない、大事な動物たちをすっかり焼き殺してしまったんです。それで、ペロ公すっかり一文なしになってしまった。ちょうどこんどの私みたいなもんです。さいわいロロだけは助かったんですが、ロロひとつじゃ商売にならない。ペロ公が弱り切っているところへやってきたのが日本人で、なんでもずいぶん高い金を出して、ロロを買いとったそうです」

「その日本人というのが古柳男爵なんだね」

「だろうと思います。名まえはききませんでしたがね」

「しかし、ペロ公は前から古柳男爵を知っていたのだろうか」

「そうらしいですよ。酔っぱらったときのペロ公の話から考えると、ときどき日本から仕送りがあるというようなことをいっていましたからね」

「仕送り？　しかし、古柳男爵がなぜ、ペロ公に仕送りをしていたのだろう」

「これも酔っぱらったときの話だからよくわかりませんが、ペロ公、古柳男爵から預かりものがあったらしい、男の子でしたがね」

小山田博士は突然イスから立ちあがった。そして、いかにも心が騒ぐというふうに、部屋の中をいきつもどりつしていたが、

「そして……そして……その男の子はどうしたろう。まだ、ペロ公のもとにいるのかね」

「いいえ、なんでもね、ロロをひきとるとき、いっしょに連れて帰ったそうですよ。そのときペロ公が、その子を連れて帰ってどうしまつするつもりだとたずねたところが、相手はものすごい顔をして、ナーニ、気ちがい病院へでもブチこむさ、と、いったそうです」

「気ちがい病院！」

ああ、なんというううまいかくし場所だ。気ちがい病院！　精神病院！　自分はどうしてそれに気がつかなかったろう。

「いや、松崎さん、よいことを聞かせてくだすった。あなたの話はたいへん参考になりましたよ」

「そうですか、それはけっこうでした。私はあのゴリラ男爵がにくらしくてたまらないんです。先生、私の代わりになんとかかたきをうってください」

ヘンリー松崎はそこで立ちあがったが、にわかに思い出したように、

「そうそう、先生、忘れていました。私はいままでロロ、ロロと、ひとりのようにいっていましたが、ロロはひとりじゃないんですよ」

「何、ロロはひとりじゃない？」

「そうなんです。ロロは双生児なんです。だから、すっかり同じ顔かたちをしたやつが、ふたりいるわけです。一方はポポというんですが、ペロ公のやつ、ポポのことはかくしていましたね。と、いうのは舞台で奇術やなんかするときに、双生児を身代わりに使ったりして、お客さんをゴマかして、うまいことをしてやがったんです。だから、ロロに双生児があることを知っている者は、そうたくさんはありませんよ。ええ、ロロを買ったやつはポポもいっしょに買っていったそうです」

ロロに双生児の兄弟がある——。と、聞いたとたん、サッと博士の頭に浮かんだのは、いつかの洋服屋の一件だった。色も形も大きさも、すんぶんちがわぬ二着の洋服——あれはポポのためにこさえたのではあるまいか。

青沼春泥の告白と、ヘンリー松崎の話によって、秘密はしだいに明らかになっていく。古柳男爵もおそらく、ロロが人間であることを知っていたのだろう。しかし、ロロが人間だということになれば、北島博士が手術を承知しまいと思ったので、わざとゴリラと人間の合いの子のようにいっておいたのだろう。

しかし、それにしても古柳男爵は、ポポをいったいどうしたのだろう。自分が生きかえるためにはロロひとりあれば足りることだ。それだのにポポもいっしょに買ってきて、そのポポをどこへかくしたのだろう。いや、それよりも、ポポを何に使うつもりだろう。

ヘンリー松崎が帰ったあと、小山田博士はまるで動物園のトラかライオンのように、部屋の中を歩きまわっていたが、やがて警視庁へ電話をかけて、等々力警部にきてもらうことにした。

警部がくると恭助や史郎、それから太ア坊まで呼びあつめて、あらためて春泥の告白とヘンリー松崎の話をすると、

「そういうわけで、龍彦くんや美代子は、どこかの精神病院へ入れられているのではないかと思うのだ。精神病院の中には正直なのもあるが、中にはまた、ずいぶんインチキなのもある。そういう札つきの病院を、警察の手でさがしてもらいたいのだ」

「しかし、先生」

と、等々力警部は危ぶむように、

「精神病院といえば、龍彦くんがいなくなったときにも、いちおうしらべたのですぜ」

「だから、いっそう安全なかくし場所じゃないか。警察が精神病院をしらべているころには、龍彦くんはペロ公のもとにいた。そして何年かたって、ホトボリのさめたところで、連れて帰って精神病院へ放りこんだんだ。一度しらべて疑いの晴れているところを、二度としらべる気づかいはないと思ったのだ」

「なるほど」

警部もはじめてうなずいた。

「しかし、先生、龍彦くんや美代子さんは、なぜ自分がだれであるか名乗って、病院を出してもらわないのでしょう」

そうたずねたのは恭助だった。

「それはむろん、男爵に催眠術をかけられているからだよ。美代子はこのあいだ、私のすぐ鼻さきにいながら気がつかなかったじゃないか。ふたりとも眠りつづけているんだよ。それに病院で知っていてかくしているとすれば、いっそう出す気づかいはない」

博士のことばに一同は、いたましそうに顔をしかめた。そして、しばらく黙っていたが、やがて等々力警部が元気を出して、

「ところで、先生、インチキ精神病院を探すとしても、どのへんから手をつければいいでしょう。精神病院も、全国にはずいぶんたくさんありますが……」

「それはむろん東京の近くにきまっているよ。このあいだの五十嵐邸の事件でもわかるとおり、必要があればすぐ連れてこれるのだから」

「ところで、そういう病院を発見したとして、さてどうしますか。怪しいからって、むやみにふみこんでしらべるわけにはいかず、うっかりヘマをやると、またほかへかくされる心配がありますが」

「さあ、それだよ、史郎や太ア坊にも話を聞いてもらったのは。ここはどうしてもふたりに働いてもらわねばならない」

「えっ、おとうさん、ぼくたちに何かすることがあるんですか」

「おじさん、どんなことをするの。太ア坊、なんでもするよ。ぼく変装したいなあ」

史郎と太ア坊は、そこでガゼン張り切った。小山田博士はしぶい笑いを浮かべて、

「は、は、は。太ア坊はよっぽど変装がお好きとみえるな。よしよし、こんどはどうし

ても太ア坊に変装してもらわねばならぬ」

博士はそこで警部の方へ向きなおって、

「きみのほうで、これはと思うような病院が見つかったら、このふたりを患者に仕立てて、入院させようと思うのだ」

それを聞いて驚いたのは警部と恭助。

「な、な、なんですって。それじゃふたりを気ちがいに仕立てるのですか」

「そうだ。これも社会のためだ。古柳男爵をほろぼすためには、これくらいのことはしかたがない。ひとりじゃ心細いから、ふたりやることにするが、いっしょじゃ怪しまれる。で、一日ぐらい日をおいて、順ぐりに病院へおくりこむことにする。そして中へはいったら、ふたり連絡をとって、病院のようすを探るのだ。史郎、太ア坊、できるかい」

「やります。ぼく、やります」

「おじさん、それじゃ、ぼく気ちがいに変装するの。うれしいな、うれしいなあ」

史郎と太ア坊は大乗り気であった。

太ア坊の冒険

東京の東のはずれ、荒川放水路が海にそそぐ砂町のへんに、木常（きつね）病院という精神病院がある。キツネとは妙な名だが、院長の木常昏々（きつねこんこん）氏というのは、目のつりあがった、くちびるのとんがった、いかにもキツネコンコンの名にふさわしい顔つきをした人であった。

小山田博士の宅で、作戦計画がねられてから一週間ほどのちのことである。木常昏々先生はたいへん上きげんであった。と、いうのはきのう、おといと、つづけさまに東京の有名な金持ちから電話がかかって、子供を預かってくれまいか、と、いう相談があったからである。

そのひとりは一六銀行の支配人、金野銀一氏の長男で、銀太郎ということし十六歳になる少年だが、勉強が過ぎたせいか、少し頭がへんになっている。しばらく預かってもらえないだろうかというのであった。

一六銀行といえば、全国に何百という支店をもつ大銀行、その銀行の支配人といえばたいしたものだから、昏々先生は大喜び、二つ返事でひき受けたが、すると、きのうになってまた福運がまいこんだ。

こんどは銀座でも名高い丸屋呉服店の主人、丸井長造氏のひとり息子、昭吉ということし十三歳になる息子だが、どうも腕白でこまるから、しばらく預かってほしいというのであった。丸屋の主人、丸井長造氏といえば、全国の高額所得長者番付にのるほどの金持ちだから、昏々先生はのどをコンコン鳴らせてひき受けた。

「どうじゃな、ケン子、わしもえらくなったもんじゃ。こういう金持ちから頼まれるようになったのじゃからな」

と、昏々先生がおくさんのケン子夫人にじまんをすると、

「さあ、どうですか。あまり喜んでいるとあてがはずれますよ。第一、金野だの丸井だのってほんとうでしょうか。だれかが名前をかたっているのじゃありませんか」

と、これまたご主人にまけずおとらず、キツネのような顔をしたケン子夫人が注意した。

「さあ、そこでじゃて。わしもそれを考えたから、いちどたしかめてみるつもりじゃ」

「たしかめるってどうするんですか」

「出し抜けにこっちから電話をかけてみるのさ。ほんとに丸井だの金野だったら、向こうでも話がわかっているはずだ。ケン子や、ここに電話番号があるからかけてごらん」

「なんといってかけるんです」

「坊っちゃんはいつごろお見えになりましょうか、と、聞いてみるんだ。いいか、こちらは木常だというんだよ。精神病院だなんていうな。向こうにも外聞があろうからね」

「承知しました」

ケン子夫人は電話をかけたが、その結果は事実とわかり、ケン子夫人もすっかり疑いが晴れて大喜びだった。

「あなた、やっぱりほんとうよ、丸井さんも金野さんもご主人が出られて、ごていねいなあいさつでしたわ。でも、今後はあまり電話をかけてくれるなって……」

「ふむ、それはむりもないな。ところで、坊っちゃんがたはいつお見えになるんだ」

「あらあらたいへん、忘れていたわ。丸井さんも金野さんも、さっきおうちを出られたんですって、もうソロソロお見えになるじぶんよ」

「バカ、なぜそれを早くいわないのだ」

昏々先生もケン子夫人もにわかにうろたえはじめたが、やがてまた昏々先生が、

「なあ、ケン子や」

と、おくさんに声をかけた。

「はい、なんですか」

「丸井と金野のことだが、子供たち気がへんだというのはほんとうだろうか」

「ええ、私もいまそのことを考えていたんですが、どうだか怪しいわね。金持ちのうちにはとかくヤヤコシイことが多いから。子供をうちへおくのはまずいし、と、いって殺すわけにもいかず……と、そんなんじゃないかしら、ほら、離れのふたりみたいに……」

ケン子夫人がうっかり口をすべらせると、昏々先生はたちまちこわい顔をして、

「これ、めったなことをいうもんじゃない。おまえはどうも口がかるくていかん。離れのふたりはりっぱな気ちがいじゃ。その証拠にはいつも夢を見ているみたいで、ここへきてから一度も口をきかんじゃないか」

「それはそうですけど……」

「いやいや、あれは気ちがいじゃ。りっぱな気ちがいじゃよ。しかし、このあいだのあのふたりの姿が急に離れから消えてしまったのには驚いた。あれはいったいどうしたわ

けだろうな」

「あのときは私もヒヤッとしました。表のドアにはちゃんと鍵がかかっているのに、どこを探しても姿が見えないんですものね。おまけにつぎの日見ると、ちゃんと帰ってきている。まるでキツネにつままれたような気持ちでしたが、でも安心しました。なんといってもあのふたりは、うちのドル箱ですものね。ところであなた、丸井と金野のことですがね」

「ふんふん」

「子供たちが気ちがいでないほうがいいわね。それだとかえってたくさん金を出しますよ」

ああ、なんということだ。この病院では気ちがいでもないものを、気ちがいとして預かることがあるらしい。そして、そのほうがお金がもうかるらしいのだ。いかにもキツネコンコンの名にふさわしい病院ではないか。

それにしても、離れのふたりは何者か……ちょうどそのとき、表に自動車がついたようだ。

はじめにきたのは金野家の息子の銀太郎。いかにもりこうそうな少年だが、そういえば顔色も悪く、目つきもしずんでいる。

「ほんとうにお気のどくな坊っちゃんで、家の中がしじゅうゴタゴタしているところへ、勉強が過ぎたのか、このところ少し……」

金野家の使用人と名乗る正直者らしい老人はそういって鼻をすすった。

「悪いといってどういうふうに悪いのかね」

昏々先生がもったいぶってたずねると、

「どうといって、昼間は別に変わったこともございません。ただ、ボーッとしているのと、ほとんど口をおききにならないのと、ほら、あのとおり、しじゅう何か書いていないと気がおさまらないのと……まずそんなところですが、夜になるとときどき……」

「ときどき、どうかするのかね」

「はい、ふらふらと出歩きなさいますんで。つまり夢遊病者というのでございましょうか」

「なるほど、こういうたちの少年にはよくあることだね。しかしただ出歩くだけのことかね、いたずらをするというようなことは……」

「いえ、その心配はありません。病人としてはいたっておとなしいほうで……」

「いや、よくわかりました。何、この病院にいればすぐよくなります」

「ありがとうございます。では、さしあたりこれが一か月ぶんの費用でして……主人が参上すべきところ、まことに失礼ですが……」

と、さし出した金包みのあつさを見て、昏々先生、思わずニヤリとしかけたが、すぐ、エヘンとばかり威厳をつくろって、

「ああ、そう、ではお預かりしよう。いずれあとで精算書はさしあげるが……」

「いえ、そんなにしていただかないでも結構です。では、きょうはこれで……坊っちゃん、おとなしくするんですよ」

爺やが頭をなでても、銀太郎少年は気づかぬようすで、テーブルに向かって夢中になって何やら書いている。のぞいて見ると、丸だの三角だのをやたらにならべているのである。

「あれで数学の勉強をしているつもりなのですよ。ほんとうにおかわいそうで……」

爺やが鼻をすすりながら出ていくと、入れちがいにケン子夫人がはいってきた。

「あなた、自動車の番号はひかえておきましたよ。あとで金野家の自動車かどうかしらべて見ましょう。あら、まあ、そのお金……」

ケン子夫人は目をまるくして喜んだが、そこへまた自動車がついたようすに、昏々先生はあわてて銀太郎少年を、おくの病室へ連れさった。ケン子夫人は、お金をとらの子のようにだいじにしてたんすの中へしまいこんだ。

こんどきたのは、丸井家の息子で、昭吉というのだが、サルのようにチョコチョコしていっときもじっとしていない。

「この坊っちゃんも気のどくでしてねえ」

丸井家の使用人と名乗る青年は、金野家の老使用人と同じようなことをいった。

「じつはこんどご主人が、若いおくさんをおもらいになるものですから……それにこの昭吉くんというのが、ほら、あのとおり、かたときもじっとしていらっしゃらない。どこでもチョコチョコのぞきたがる。なんでもかんでもひっかきまわすという性分で……もし、新しいおくさんのお気にさわってはというので……これは、当座の入費ですが、どうぞおおさめください」

「いや、よくわかりました。何、私がお預かりしたからには、ご主人も大船に乗った気持ちで新しいおくさんをおもらいください。では、このお金はお預かりしておきましょう」

その晩、昏々先生とケン子夫人は、大ホクホクでお金のかんじょうにいそがしかったが、そのころ狸穴（まみあな）の小山田博士のお宅では、老使用人に化けた等々力警部と、丸井家の使用人になった恭助が、博士をはさんで密談の最中だった。

「やはり木常昏々というのは怪しいですぜ。病院といっても看護婦も薬剤師もおらず、患者もいるのかいないのかわからないんです」

「それに金を見るときの昏々先生の目つきったら！　よほど欲の深い男らしい」

「しかしゆだんはなりませんよ。おくさんが自動車の番号をひかえていましたからね。あとで金野家の自動車かどうかしらべるのでしょう」

「ぼくのときもそうでしたよ。あれだけ用心するところを見ると、やっぱり何か、うしろ暗いところがあるんですね」

「いや、それくらいのことはやるだろう。きょうも向こうから、丸井家と金野家へ電話をかけてきたそうだからね。しかしだいじょうぶだ。丸井氏にも金野氏にもよく頼んであるのだから、そのほうからバレる心配はない」

丸井の主人も金野氏も、いつか小山田博士に助けられたことがあるので、博士の頼みとあれば、どんなことでもきいてくれる。それに、丸井家に昭吉、金野家に銀太郎という子供があることもほんとうだし、しかも、ほんものの昭吉や銀太郎は、ともに近ごろからだを悪くして、田舎のほうへ養生にいっているのだから、昏々先生がいかにキツネの悪知恵で、両家のようすを探ったところで、このほうからうそのわかる心配はなかった。

しかし史郎や太ア坊のような少年に、はたしてあの大役がつとまるだろうか。あぶない、あぶない。何かまちがいがなければよいが……。

等々力警部のにらんだとおり、木常病院というのは、だんぜんインチキ病院であった。看護婦もいなければ、薬剤師もおらず、ひろい病院に住んでいるのは、昏々先生とケン子夫人ばかり。ケン子夫人がおそうじからご飯たきまでいっさいがっさいやってのける。そしてひまさえあると、金のかんじょうばかりしている。この人はよほど金のかんじょうが好きらしい。

しかし、中身の貧弱なのと反対に、建物だけはじつにりっぱである。赤煉瓦(あかれんが)の高い塀(へい)には、大きな鉄格子(てつごうし)の門がついていて、知らぬ人が見ると、どんなお金持ちの大邸宅かと思われるばかり。昏々先生のような人が、どうしてこんなりっぱな大邸宅を手にいれたのか、まことにふしぎなことである。

　さて、史郎と太ア坊が、それぞれ銀太郎、昭吉という名まえで入院してから、三日ばかりは何事もなく過ぎた。史郎は毎晩、夢遊病のまねをして、ふらふら歩きまわるし、太ア坊は太ア坊で、一日じゅうサルのようにチョコチョコ廊下を走りまわっているが、かくべつこれという発見もなかった。

　ところが、四日目の晩のことである。真夜中ごろ、例によって史郎が、部屋から抜け出そうとして、ふと窓から外を見ると、鉤の手にまがった向こうの建物の窓が中から開いて、だれやらひらりととび出したから、驚いたのは史郎、ギョッとしてカーテンのかげに身をかくした。

　泥棒……？

　史郎は心臓がドキドキした。そこはたしかに昏々先生の部屋だから、ひょっとするとこのあいだ、等々力警部や恭助の持ってきた金を狙って、泥棒がはいったのではあるまいか……史郎はそんなふうに考えた。

　怪しい影はしばらく窓の下にたたずんで、あたりのようすをうかがっていたが、やがて忍び足にこちらのほうへ近づいてくる。その影が史郎の窓の下まできたときである。おりから雲間を離れた月光が、さっと怪しい影の横顔を照らしたが、そのとたん、史郎はうしろへひっくりかえるほど驚いた。

なんと、怪しい影とは昏々先生ではないか。昏々先生は忍び足に中庭をよこ切ると、間もなく建物の角をまがって見えなくなった。

史郎の胸は怪しくおどる。

昏々先生はなんだって、窓から外へ抜け出したのだろう。なんだって自分の家の中を歩くのにあのように足音を忍ばせるのだろう。いや、それよりもこの真夜中に、いったい、どこへいくのだろう。

史郎は窓のそばに立って、しばらく思案をしていたが、やがて決心がさだまると、窓を開いてひらりと外へとび出した。それから抜き足さし足、昏々先生のあとを追って、建物の角までいった。

この建物のうしろには、少し離れたところに、離れの洋館がたっている。あまり大きくはないが、ドッシリとした赤煉瓦の建物で、壁いちめん、ツタの葉がからみついているのが、いかにも陰気くさい感じである。

昏々先生はこの洋館の前に立って、すばやくあたりを見まわすと、鍵を出してドアを開き、吸いこまれるように中へ消えた。

史郎もすぐそのあとから、ドアのところまでかけつけたが、残念、ドアには鍵がかかっている。史郎はそこで、ぐるりと建物のまわりをひとまわりしてみたが、窓という窓にはよろい戸がおりていて、どこにもはいこむすき間はない。史郎はまた、ドアのところへひきかえしてきたがそのときである。

どこかでドンドンと壁をたたくような音。史郎はハッとしてドアに耳をつけてみた。聞こえる、聞こえる。たしかに洋館の中からだ。ドンドンと壁をたたくような音、つづいてがらがらと土をくずすような音。……この建物の中には昏々先生よりほかにいないはずだが、もしその物音のぬしが昏々先生としたら、先生はいったい何をしているのだろう。

史郎はしばらく物音に耳をすましていたが、そのうちにふと気がついたのは、物音は建物の中ではなく、どうやら地の下から聞こえるらしいのである。わかった、わかった。この離れには地下室があるのだろう。しかし、いまじぶんその地下室で、先生は何をしているのだろう。

史郎はしきりに心のさわぐのをおぼえたが、そのときだった。向こうのほうから、

「あなた、あなた」

と、叫ぶ声。ケン子夫人の声である。史郎はハッとして、離れのうしろへかくれたが、そのとたんケン子夫人の姿が現れた。

「あなた、あなた、どこにいらっしゃるの。へんなかたねえ。近ごろ毎晩、わたしの目を盗んで窓から抜け出すのを、わたしはちゃんと知っていますよ。あなた、あなた」

ケン子夫人はひとりごとをいいながら、ドアの前までやってきたが、そこでギョッとしたように立ちどまった。足もとからがらがらと土のくずれるような音が聞こえてきたからである。

　ケン子夫人はびっくりしたように、胸を押さえて立ちすくんでいたが、やがて何やらなっとくがいったように、

「ああ、わかった。あなた抜け穴を探しているのね。このあいだ、離れにいる子がふたりとも、一日見えなくなって、つぎの日ちゃんと帰ってきていた。私はあのときキツネにつまれたような気持ちだったが、ひょっとするとこの離れに抜け穴があるのではあるまいかと、私だってそれくらいのことは考えたのよ。だって、この屋敷はもと古柳男爵の持ちものだったんですもの」

　史郎はそれを聞くと、胸の中が早鐘をうつようにガンガン鳴り出した。

　ああ、やっぱりここは古柳男爵に関係のある家なのだ。そして、離れにいるふたりの子供とは、いうまでもなく美代子と龍彦にちがいない。……

「でも、あなたはへんなかたねえ。抜け穴を探すのなら探すで、なぜ、はっきり私におっしゃらないの。なぜ、そんなにないしょらしく、私にかくして探していらっしゃるの」

　ケン子夫人という人は、なんでも思うことをベラベラと口に出して、ひとりごとをいうくせがあるらしい。史郎が聞いているとも知らないで、夫人はなおもしゃべりつづける。

「あなたがそんなそぶりをするときは、きっと何か欲ばったことを考えているのよ。私にないしょで、お金もうけなんかしようというときにきまっているわ。あなた、その抜け穴に金でもかくしてあると思っているの。古柳男爵がその抜け穴に何かだいじなもの

を……アッ」

突然夫人は、ことばを切った。そしてしばらく石になったようにからだをすくめて、何やらじっと考えていたが、急にガタガタふるえ出した。そして、

「ホ、ホ、宝石！」

と、叫ぶと、まるで気ちがいみたいにドアにとびついて、

「あなた、あなた！」

と、あたりかまわぬ大声で叫びながら、むちゃくちゃにドアをたたき出した。

史郎はそのすきに、離れの陰から抜け出して自分の部屋へ帰ってきたが、そのとき風に乗って聞こえてきたのは、

カーン、カーン、カーン。……

と、澄みわたった鐘の音。史郎はそれを聞くと、またギョッとばかりに息をのんだ。

その鐘の音は、ここへきてから毎日聞いているのだが、いままでそれに特別の意味があろうとは夢にも思わなかった。しかし、いま聞いたケン子夫人のひとりごとを思い合わすと。……

高輪の古柳男爵邸の近所にも教会があった。そして、ここもまた、もとは古柳男爵の持ちものだったというが、この近所にも教会がある。

七つの鐘、七つの聖母、七つの箱。……

史郎はまたはげしい胸騒ぎをおぼえたのである。

その翌日、ケン子夫人は妙にすぐれぬ顔色をしていた。目が真っ赤に充血して、目のふちが黒くなっているのは、昨夜眠らなかった証拠である。史郎や太ア坊のところへ、朝ご飯を持ってきたときも、ろくすっぽ口もきかずに、何やら心配そうに考えこんでいた。

昨夜あれから何かあったのだろうかと、史郎は首をかしげた。それに昏々先生の姿が、朝から見えないのもふしぎであった。

史郎は妙に胸騒ぎをおぼえて、いっときも早く太ア坊に連絡したいと思ったが、なかなか思うようにいかなかった。

史郎が太ア坊と連絡するのは、あの丸だの三角だのを書いた紙を、太ア坊の目につくところにおいておくのである。ちょっと見たところでは、気ちがいがでたらめに書いたとしか見えないあの丸だの三角だのは、そのじつ、ちゃんと暗号になっていて、これによってふたりは、だれに怪しまれることもなく、じょうずに連絡しているのである。

――離レノ中ガ怪シイ。今夜フタリデシラベテミヨウ。

そういう意味のことを暗号に書いて、史郎は病院の中を探しまわったが、運悪く太ア坊の姿はどこにも見えない。庭のすみずみまで探してまわったが、太ア坊はどこへいったのか、見あたらなかった。

ところが、史郎が庭の一番奥まできたときである。どこかでポンポンと、のんびりした鼓(つづみ)の音が聞こえてきた。近所へげた直しがきているらしい。

史郎はそれを聞くと、思わず目を光らせた。すばやくあたりを見まわすと、ポケットから紙と鉛筆をとり出して、例によって丸だの三角だのを書きならべた。そしてそれをなにくわぬ顔で、しばらく手玉にとっていたが、やがてポンと塀の外へ放り出した。

塀の外には、はたしてそのとき、黒眼鏡をかけたげた直しが店を開いて、トントンとげたの歯入れをしていたが、その面前へポンと落ちてきたのが紙つぶて。げた直しはすばやくあたりを見まわすと、紙つぶてをひろいあげて、読んでみた。

「コノ近所ニ教会ガアリマスカ。教会ガアッタラソレニ注意シテクダサイ。……」

げた直しは黒眼鏡の奥でキラリと目を光らせると、紙つぶてをズタズタに引き裂き、急いで荷物をかたづけて、いずくともなく立ち去った。

このげた直しとは何者！　いうまでもなく宇佐美恭助の変装だったのだ。

それはさておき、こうして恭助と連絡をすませたのち、史郎はなおも太ア坊を探してまわったが、ふしぎなことには太ア坊は、どこにも姿を見せなかった。それもそのはず、太ア坊はそのころケン子夫人につかまって、たいへんなごちそうになっていたのである。

「どう？　昭ちゃん、そのキャンデーおいしい？　キャンデーがいやならチョコレートもあってよ。あら、あら、両方ほしいって？　昭ちゃんはずいぶん欲張りねえ。でも、いいわ。いくらでもおあがり。シュークリームがほしければシュークリームもあってよ。それからお昼には何をごちそうしましょうねえ。昭ちゃんはどっちが好き？　おすしと洋食と？」

妙なこともあればあるものである。あの欲張りでケチン坊のケン子夫人が、なんだってこんな大ばんぶるまいをするのだろう。太ア坊もちょっと気味悪かったが、しかし、そんなことでしりごみをするような、太ア坊とは太ア坊がちがう。ケン子夫人のすすめる菓子を、かたっぱしからムシャムシャ平らげながら、

「ぼく、両方とも好きだよ。おすしもいいし、洋食もいいなア。それにウナギどんぶりも食べたいなア。天ぷらとおそばも好きだよ。おばさん、みんな食べさせてくれるの。ぼくうれしいなア。ああ、それから食後のくだものも忘れちゃいやだよ」

「まあ、まあ、まあ、この子ったら！　そんなに食べてお腹が張り裂けやアしないの？」

「だいじょうぶだよ。ぼくのお腹は別あつらえにできてるンだもの。うそだと思うんなら食べさせてごらん。おばさん、シュークリーム、早くちょうだい」

ケン子夫人はため息をついた。たいへんな子供につかまったものだと思った。しかし、腹に一物あるケン子夫人は、いま、この子のごきげんをそこねてはたいへんだと思うから、お昼には洋食に、おすしに、ウナギどんぶりに、天ぷらに、おそばと、山のようにごちそうをならべ立てた。ケン子夫人にとっては、それは血の涙の出るほどの大散財だったが、太ア坊はケロリとしたもので、片っぱしからそのごちそうを平らげると、

「おばさん、食後のくだものは？」

と、催促したから、ケン子夫人はあきれてしばし口もきけなかった。

「ええ、ええ、ええ、ちゃんと用意してありますよ」

と、リンゴの皮をむきながら、

「ねえ、昭ちゃん、おばさん、親切でしょう。こんなにごちそうしてくれる人、どこを探したってありゃしませんよ。昭ちゃんは、おばさんに感謝しなきゃいけませんよ。はい、おリンゴ」

太ア坊はムシャムシャとリンゴをかじりながら、

「おばさん、カンシャってなんのことだい」

と、ケロリとしている。

「感謝というのはね、ありがたく思うことですよ」

「うん、それなら、ぼく、ありがたく思ってるよ」

「ただ、ありがたく思うだけ？　ご恩返しをしようとは思わない？　昭ちゃん、恩を忘れる人は人間じゃありませんよ、畜生ですよ」

「ううん、ぼくは人間だい」

「ほ、ほ、ほ、それじゃご恩返しをする気があるのね。昭ちゃんは、ほんとにおりこうねえ。だからおばさんは昭ちゃんが好きよ。それじゃァね、昭ちゃんにひとつお願いがあるンだけど」

と、ケン子夫人はにわかにひざを乗り出した。ケン子夫人が身を切るような思いをしてまで、あんなごちそうをしたのは、いったいどういう魂胆があるのだろうか。

秘密の地下道

その晩、八時過ぎのことだった。

思いがけないごちそうに、すっかり満腹した太ア坊が、自分の部屋でウツラウツラしかけていると、トントンと軽くドアをたたいてはいってきたのはケン子夫人である。

「あら、昭ちゃん、もう寝ているの、それじゃ約束がちがうじゃありませんか」

「ううん、ぼく、寝てなんかいやアしない。こうして英気を養なっているンだい」

「あら、あんな生意気なことをいって。……でも、約束をおぼえていてくれたのはおりこうねえ。さあ、それじゃソロソロ時間だから出かけましょう」

「うん」

ベッドを蹴ってはね起きた太ア坊は、すばやく洋服に着かえると、

「そうそう、おばさん、向こうにいる子ねえ。ほら、なんとかいった、銀太郎くんというの？　あの子にも手伝ってもらったらどう？」

太ア坊がそういうと、ケン子夫人は手をふって、

「ダメダメ。あの子は陰気でいけないよ。しじゅう何か考えこんでさ。丸だの三角ばかり書いている。あんな子に何ができるものかね。こんなことは昭ちゃんにかぎりますよ」

太ア坊は何かしら、ひどくケン子夫人に信用があるらしい。

やがて身じたくができると、ふたりはそっと廊下から外へ出た。

今夜も春のおぼろ月夜。ほのじろい月光が、病院の庭を照らしている。太ア坊は思わず大きなくさめをした。

「シッ！　まあ、なんて声を出すんだねえ。あの子にわかったら困るじゃないか」

ケン子夫人はなんとなく、史郎が煙たいのである。だから今夜のことも、できるだけ史郎にないしょで決行したいのである。さいわい、その史郎はよく寝ているのか、なんの物音も聞こえなかった。

ふたりは庭を突っ切ると、やがて病院のうらにある、離れのほうへ近よった。ツタの葉のいちめんにからみついた、赤煉瓦の洋館は、今宵も月光の中に、黒ぐろとそびえている。

ケン子夫人はその洋館のドアに近づくと、念のために押したり引いたりしてみたが、中から錠がおりていると見えてビクともしない。

「やっぱりだめねえ。それじゃ、きょう昼考えたとおりやるよりほかにみちはない」

ケン子夫人は太ア坊をしたがえて、建物のうしろへまわっていくと、はるかかなたの屋根を指さし、

「ほら、あそこに煙突が見えてるでしょう。あの煙突は広間のストーブの煙突だけど、ながいことストーブを使ったことはないのだから、そんなにススがたまっているはずはないのよ。だから、あそこから中へもぐりこむの、そんなにむずかしいことじゃないと

思うのよ。昭ちゃん、あんたできる？」

わかった、わかった。ケン子夫人が血の出るような思いで、太ア坊にあんなごちそうをしたのは、これを頼みたいからなのだ。思うに昏々先生は、昨夜この離れへはいったまま、まだ出てこないのであろう。しかし先生は入り口のドアを、中からピッタリ閉めていったから、どこからも中へはいこむすきはない。そこで夫人が目をつけたのがあの煙突だ。それ以外には離れへはいるみちはない。しかし、女の身として、そんな冒険ができるものではない。ケン子夫人は困ったが、そこでふと思いついたのが太ア坊のことである。

太ア坊はリスのようにすばしこくって、サルのように木登りがじょうずである。放っておくとどこへでもスルスル登っていく。そうだ、あの子を使ってやろう。……そう思いついたケン子は、さてこそあんなごちそうで、さんざん太ア坊のごきげんをとっておいて、今夜ここへ連れ出してきたのである。

太ア坊はしかし、そんなくわしいことは知らない。怪しむように目を光らせながら、

「うん、そんなことわけないや。だけどおばさん、ほかに入り口はないのかい。窓やなんかからはいれないの」

「ダメダメ、窓にもみんな中からセンがさしてあるのよ。だからねえ、昼間いったとおり、あんたが煙突から中へはいっていく。そしてね、ひょっとすると入り口のドアに、中から鍵がさしたままになってるかもしれないから、そうしたら入り口のドアを開いて

おくれ。もしそれがダメならば、どの窓でもいいから、センを抜いて開いておくれ。ねえ、わかったろう」

「うん、わかったよ。つまり、どこからでもいいから、おばさんがはいれるようにしてやればいいんだろう」

太ア坊は目玉をギロギロ光らせている。

「そうそう、昭ちゃんはりこうだねえ。さあ、それじゃ一刻も早く屋根へ登っておくれ。あっ、この綱を忘れちゃダメよ」

ケン子夫人が用意してきた綱を肩にかけると、太ア坊はしばらくあたりのようすを眺めていたが、やがてヒョイと雨ドイにとびついた。

スルスル、太ア坊はサルのように雨ドイを登っていく。

「昭ちゃん、だいじょうぶ？」

「だいじょうぶさ」

まったく太ア坊にとってはそんなこと、なんの雑作もないことだった。雨ドイだけでも十分だのにさいわい、ツタのつるがいちめんにからみついているのだから、身の軽い太ア坊にとっては、手がかり、足がかりになるものはいくらでもあった。

太ア坊はみるみるうちに屋根の上までたどりついた。屋根はかなりの急傾斜である。それに煙突のある場所まではかなりの距離がある。太ア坊は四つんばいになって、やっと煙突のもとまでたどりついたが、そのとたん、

「あっ！」

と、思わず叫びをもらした。

「ど、どうしたの、昭ちゃん、何かあったの」

下のほうからケン子夫人のしのび声。

「ううん、なんでもないや、足を滑らしかけたんだよ」

とっさに太ア坊はゴマ化したが、かれがいま思わず叫び声をあげたのは、けっしてそんなことではない。

煙突のまわりには太い綱がゆわえてあって、しかもその綱の先は、煙突の中へたれている。おまけにその綱の真新しいところを見ると、だれか先に煙突から中へはいっていったものがあるのだ。太ア坊の心臓はにわかにドキドキ鳴り出した。

「昭ちゃん、どうしたの。何をぐずぐずしているの」

下からまたもやケン子夫人の声。

「ううん、いま、はいるところじゃないか」

太ア坊はついに心をきめた。あらためて自分の持って来た綱を煙突にまきつけると、他の一端を中へたらして、それをつたってスルスル煙突の中へはいっていった。

ススがたまっていないなどといったのはうその皮である。太ア坊はススのために息がつまって、いまにも死にそうな気がした。そして、やっと広間のストーブからはい出したときには、全身、黒ん坊のように真っ黒になっていた。

「チェッ、おばさんのうそつき。ああ、気持ちが悪い。ペッ。ペッ」

さいわい広間のドアはあいていた。そして向こうに入り口のドアらしいものが見えた。

「昭ちゃん、昭ちゃん、うまくいったかい。うまくいったら早くここをあけておくれ」

ケン子夫人の呼ぶ声に、ドアの裏側へかけつけると、さいわい鍵は鍵穴にはまったままになっている。太ア坊が急いでその鍵をまわそうとしたときだった。

暗闇（くらやみ）の中から出し抜けに、グッと太ア坊の手を押さえたものがある。

「…………」

太ア坊は何かいおうとしたが、あまりの恐ろしさに舌が上顎（うわあご）へくっついてことばが出ない。鍵を持ったままガタガタふるえていると、

「太ア坊、ぼくだよ。史郎だよ」

耳もとでささやいたのは、おお、なんと、なつかしい史郎の声ではないか。

「あっ、史郎くん」

叫ぼうとするところを、いきなり史郎が手でふたをした。

「しっ、黙って、ここはこのままにしておいて向こうへいこう」

「どうしてなの。史郎くん、外にはおばさんが待っているんだよ」

「おばさんなんかどうでもいい。ふたりきりで家の中をしらべてみよう」

外ではケン子夫人がやけくそに、ドンドン、ドアをたたきながら、

「これ、昭ちゃん、どうしたの、なぜここをあけないの。鍵がないのかい。鍵がなかっ

たら、さっきもいったとおり窓をあけておくれ。これ、なぜ、返事をしないの。おまえ、きょうあんなにごちそうをしてやったのを忘れやアしないだろうね。おすしに、洋食に、おそばに、天ぷらに、ウナギどんぶりに、あんなにたくさん食べながら、……これ、昭ちゃん、おまえ食い逃げをする気かい」

ケン子夫人はいまにも泣き出しそうな声である。

史郎はかまわず太ア坊の手をひいて、ぐんぐん奥へはいっていくと、やがて腹をかかえて笑い出した。

「太ア坊、おまえ、そんなにごちそうになったのかい。おすしに、洋食に、おそばに、天ぷらに、ウナギどんぶり……よくそんなに食べられたねえ」

史郎は笑いころげながら目を丸くしている。太ア坊はケロリとして、

「だって、おばさんがいくらでもお食べといったから食べてやったのさ。おばさん、でも、ケチだよ。ぼくが食べるのを、いかにも惜しそうにして見てンだもの。ぼく、おもしろかったから、よけいに食べてやった」

「ははは、おばさん、そんなにごちそうして、今晩手先に使うつもりだったんだね」

「うん、そうだよ。ぼくそのことを史郎くんに話そうとしたのだけれど、おばさんがどうしても許さないのさ。だけど、史郎くんはどうしてここへはいってきたの」

史郎はそこで昨夜のことを、手っとり早く話してきかせると、

「それでぼくは朝から太ア坊をさがしていたんだよ。それだのに、どうしても会えなか

ったもんだから、とうとうひとりでしのびこんできたんだ。でも、よかったよ。ここでこうして会えて。……ひとつ、ふたりで家の中をしらべてみようじゃないか」

ふたりは洋館の中をくまなく探してみたが、別に変わったところもなかった。ああして鍵がドアの内側にさしてあるところを見ると、昏々先生はまだこの建物の中にいるはずだのに、その姿はどこにも見あたらなかった。

史郎はふと、昨夜の物音の聞こえてきた方角を思い出して、

「ああ、そうだ。地下室だ。太ア坊、地下室へおりる階段は見えない？」

その階段はすぐ見つかった。台所のすぐかたわらに、すりへって角の丸くなった石の階段がついている。史郎は懐中電灯で照らしながら、

「太ア坊、気をおつけ。何かあるとすると、この地下室の中だよ」

ふたりは懐中電灯の光をたよりに、ソロソロ階段をおりていった。階段をおりるにしたがって、しだいに空気は重苦しく、闇はいっそう濃くなってくる。階段をおり切ると、そこは地下室に似合わぬ、ちょっと小ぎれいな部屋になっていて、部屋の向こうに重そうなカーテンがたれている。

史郎は用心ぶかく身がまえながら、カーテンのそばへよると、そっとめくってみたが、カーテンの向こうには、洞穴（ほらあな）のような長い廊下がつづいていた。

「太ア坊、はいってみるかい？」

「うん」

ふたりはカーテンの中へはいったが、そのとたん、アッとびっくりしたような声をあげた。廊下の片側は、刑務所の独房のように鉄格子のはまった部屋になっているのだ。そして、その部屋の中には、ベッドが二つ、洗面台が二つ、イスが二つ。

史郎は格子の外から懐中電灯の光を向けて、しげしげベッドの上を眺めていたが、ふいにあっととびあがった。

「し、史郎くん、ど、どうしたの」

史郎はしかし、それにも答えず夢中で鉄格子にとびついたが、さいわいドアはあいていた。史郎は気ちがいのようにドアの中へとびこむと、やにわにつかみあげたのはベッドの上に脱ぎすててあったセーラー服。

「太ア坊、ごらん。こ、こ、これは美代子の洋服だぜ」

ああ、美代子はやはりここに閉じこめられていたのか。ベッドが二つあるところを見ると、おそらく龍彦もいっしょだったのだろう。

「太ア坊、おそかった。おそかった。もう少し早くそれに気がついていたら……」

史郎はじだんだふんでくやしがったが、そのとき太ア坊がふと気がついたように、

「史郎くん、でも、ちょっと妙だよ。このセーラー服をさわってごらん。なんだか、まだあったかいような気がするよ」

史郎がびっくりしてさわってみると、なるほど、セーラー服にはまだかすかなぬくもりが残っている。史郎はにわかに面をかがやかせた。

「しめた！　それじゃまだそんなに遠くはいかないのだ。しかし……」

と、史郎はふしぎそうに首をかしげて、

「と、すると、この地下室にはほかに出口があるのだろう。あの離れからはだれも外へ出ることはできないはずだのに……」

史郎のことばもおわらぬうちに、とつじょ聞こえてきたのはピストルの音。地下室の壁から壁へ反響して二発、三発、つづけざまに鈍い音が聞こえてくる。

ふたりはそれを聞くと、脱兎のように鉄格子の外へとび出していった。

「太ア坊、たしかに向こうのほうから聞こえてきたね」

「うん奥のほうからだよ」

懐中電灯の光をたよりに、洞穴のような廊下を進んでいくと、突きあたりの壁が突きくずされて、その向こうにまた、暗い洞穴がつづいている。

わかった、わかった。昨夜昏々先生がたたいていたのはこの壁なのだ。この壁はおそらく、何かの仕掛けでうごくようになっているのだろうが、その仕掛けを知らない昏々先生は、壁をたたいてみて、音の反響から、壁のうしろが洞になっていることに気がついて、むりやりにツルハシで壁をうちくずしたのだ。その証拠にはくずれた煉瓦の山の上にツルハシがひとつ投げ出してある。

だが、それから昏々先生はどうしたか。美代子や、龍彦を連れ出したのは昏々先生であろうか。

「史郎くん、どうする？　この穴の中へはいってみる？」

「うん、はいってみよう。ピストルの音はこの穴の向こうから聞こえてきたのだよ。この穴はきっとどこかへ抜けられるようになっているのにちがいない。だけど、太ア坊、おまえこわいのなら、ついてこなくてもいいよ」

「何がこわいもんか。ぼくもいっしょにいく」

　太ア坊は肩をそびやかしてついてくる。

　穴の中はさっきの廊下よりよほど狭くなっているが、それでも大人が立って歩けるくらいの広さはあった。ただ、地下をくり抜いただけの工事だから、ジメジメとして、いたるところに水がもったり、また水溜りができていたりした。

　その土の上にくっきりついている靴の跡は、たぶん昏々先生の足跡だろう。そのほかに子供の足跡が二つついているのは、美代子と龍彦にちがいない。よく見ると、この二つの足跡は、昏々先生の靴跡より、あとからつけられたものらしい。と、すると、ふたりはかってに逃げ出したのだろうか。それとも昏々先生よりほかに、ふたりを連れ出した者があるのだろうか。

「あっ！」

　突然、太ア坊が奇妙な叫びをあげて立ちすくんだ。

「ど、どうしたの、太ア坊」

「史郎くん、あ、あれ……あの足跡……」

ふるえながら指さす太ア坊の指先に、懐中電灯の光をあびせた史郎も、そのとたん、思わず真っ青になった。

美代子と龍彦の足跡にならんで、なんともいいようのない、気味の悪い足跡がついている。ゴリラのように指の長い足跡――いつか男爵島の古柳荘で見たあの足跡……ああ、この足跡の主こそは怪獣王、ゴリラ男爵でなくてだれであろう。

「太ア坊、それじゃ、美代子や龍彦くんを連れ出したのは、やっぱりゴリラ男爵なんだね」

「そうだよ、史郎くん、それにこの足跡はまだ新しいよ。ゴリラ男爵がとおってから、きっとまだ間がないのだよ」

「よし、それじゃ大急ぎで追っかけよう」

ふたりが足を早めたとき、またもや、向こうのほうから聞こえてきたのは、ズドン、ズドンとピストルの音。

「太ア坊、ひょっとすると、警官がやってきたのかも知れないよ」

「うん、そうかも知れない。ゴリラ男爵をやっつけてるのかも知れないね」

ふたりは急に勇気が出て、いよいよ足を早めていった。地下道は二百メートルも行くと、いきどまりになっていて、そこにまたすりへった石段があり、石段の上のほうから、ぼんやり光がさしている。どうやら出口へきたらしい。

史郎と太ア坊は夢中で石段を登っていたが、急にワッと叫んでとびのいた。

石段の中途にだれやら人が倒れているのだ。史郎が恐る恐る懐中電灯でしらべて見ると、それは木常昏々先生であった。昏々先生はしめ殺されたのか、のどに大きな指の跡がついている。そして、昏々先生の足もとには、二つ三つ、星のように宝石がかがやいていた。

史郎と太ア坊は、真っ青になってしばらく顔を見合わせていたが、そのときまたもや聞こえてきたのはピストルの音。ふたりはそれを聞くと夢中で穴からとび出したが、そのとたん、

「だれだ！」

と、するどい声をあびせたものがある。

「や、そういう声は宇佐美さんじゃないの」

「おお？　なんだ、史郎くんに太ア坊か。いったい、そのざまはどうしたのだ。ふたりとも黒ん坊みたいに真っ黒じゃないか」

いままで暗闇の中にいたので、気がつかなかったが、いま、こうして明るいところで顔を見合わすと、ふたりとも吹き出さずにはいられなかった。

「わっ、太ア坊、なんだい、その顔は……目ばかりキョロキョロ光らせて、黒ん坊の子供そっくりだよ」

「そういう史郎くんだって真っ黒だい。黒ん坊」

久しぶりに恭助に出会ったので、太ア坊はすっかり元気になった。

「はっはっは、おたがいに自分の顔は見えないから笑っていりゃいいや。だけど史郎くん、どうしてこんなところからとび出してきたんだ」

史郎がそこで昨夜からの話をすると、恭助もつくづく感心して、

「いや、史郎くん、太ア坊、きみたちの勇敢なのには感心したよ。しかし、きみたちは一歩おくれてよかったのだ。もう少し早く地下室へはいっていたら、ゴリラ男爵にぶつかって、どんなことになっていたかもしれないんだ」

「あっ、そのゴリラ男爵はどうしたの。そしてここはいったいどこなの」

「太ア坊、ここは教会の中なんだよ。古柳男爵は、自分のかくれ家のそばに、いつも教会をたててかくれ家と教会のあいだに地下室をつくっておいたらしい。きょう、史郎くんのよこした通信で、やっとそのことがわかったから、夕方から先生や等々力警部と、この教会の張り番をしていたのだ。そうしたらはたして、ゴリラ男爵がやってきて、教会の中へ消えてしまった。われわれはすぐ中へとびこんだが、男爵の姿は見えないんだ。どこかに抜け穴のあることはわかっていたが、どこに入り口があるかわからなかったので、教会の中で待ち伏せしていると……」

「ゴリラ男爵が出てきたの？」

「うん、出てきたんだ。美代子さんと龍彦くんを両脇にかかえて……」

「それから、宇佐美さんどうしたの。ゴリラ男爵をつかまえたの」

「ところがそうはいかなかったんだ。いつの間にやらやぶにらみの蛭池と、それからサーカスの力持ちみたいな男ね、あいつがわれわれをつけてきて見張っていたんだね。ゴリラ男爵をつかまえようとすると、急にそいつらパンパン、ピストルを撃ち出して……」

「じゃ、宇佐美さん、また、ゴリラ男爵を逃がしたの」

史郎はいかにも残念そうな調子である。

「いや、まだ、逃がしたとはいえない。みんなで包囲しているのだから、史郎も太ア坊もこっちへきたまえ」

いま三人が立っているのは、三畳ばかりの天井のひくい部屋だったが、その一隅に細いはしごが立ててある。それを登っていくと天井に小さい穴があいている。その穴からはい出して史郎と太ア坊は思わず目をまるくした。

そこは教会の祭壇の上だった。そして三人のはい出したのは、聖母をおまつりしてあるずしの中で、一同がはい出したのちに恭助が、かたわらにある大円柱の唐草模様を指でいじると、いままで横になっていた聖母が、するするとずしの中におさまって、抜け穴は完全にかくれてしまった。

「ふうん、うまいことを考えたもんだなア」

太ア坊が感心していると、そのときまたもやピストルの音。つづいてワッとときの声。

「史郎くん、太ア坊、きたまえ」

三人は教会の外へとび出したが、そのとたん、史郎と太ア坊は、思わずアッと手に汗をにぎった。

教会の屋根高くそびえる鐘楼の屋根の上に、スックと立っているのはゴリラ男爵。その左右には美代子と龍彦とが、グッタリと気をうしなって抱かれている。ひしひしと警官たちの詰め掛けた鐘楼には、等々力警部や小山田博士の姿も見える。警部はときどき、鐘楼からからだを乗り出し、空に向かって発砲する。しかし、それはゴリラ男爵を狙っているのではないのだ。ただおどかしに撃っているのだ。

怪獣男爵はそのたびに、キイキイ歯をむき出してあざわらった。

「おい、小山田、おまえおれを撃つ気かい。撃つなら撃ってみろ。もんどりうっておれはここから転げ落ちる。しかし、ころげ落ちるのはおればかりじゃないぞ。おまえの子供の美代子も落ちる。龍彦もいっしょに落ちる。落ちたが最後どうなるか。おい、小山田、それくらいのことはわかっているだろうな」

気味の悪い男爵の声。ゴリラだか人間だかわからない唸り声。教会の周囲をとりまく警官たちは、地だんだふんでくやしがったが、相手のいうとおりだからどうすることもできないのだ。

史郎も歯ぎしりしながら、

「それにしても、宇佐美さん、あのやぶにらみの蛭池や、力持ちの男はどうしたのです」

「それがねえ、ゴリラ男爵に気をとられているうちに、どこかへ逃げてしまったらしい。

何しろこちらは土地不案内だろう。それにこのへんには、掘割がいたるところにあるから、それを利用してまんまと逃げてしまったらしいのだ」

そのとき、またもやゴリラ男爵は不気味な叫びをあげた。

「おい、どうするのだ。おれをこのまま逃がすのか。それともふたりの子供を殺しても、このおれをつかまえようというのかい」

小山田博士ははらわたが煮えくりかえるばかりであった。ここでゴリラ男爵を助けようといえば、わが子かわいさに大悪人を見逃したと、世間の人からうしろ指をさされよう。しかし、いま危険におちいっているのは美代子ばかりではない。龍彦も同じ運命におちいっているのだ。

「等々力さん」

小山田博士が何かいいかけると、その気持ちをさっしたのか、等々力警部はなぐさめるように、

「先生、いいです。いいです。万事わたしにまかせてください」

警部は鐘楼からからだを乗り出すと、

「おい、古柳男爵」

と、呼びかけた。

「なんだい、警部」

「おまえも男だろうな。おれがここでおまえを見逃すといったら、ふたりの子供はきっ

とこちらへかえすだろうな」

ゴリラ男爵はキイキイ声をあげて笑うと、

「あっはっは、とうとう折れて出たな。よいともよいとも。この場を逃してくれさえすれば、子供はきっと助けてかえす。だが、おまえのほうこそ、そのことばにうそいつわりはあるまいな」

「うそはいわん。よし、それでは子供をこっちへわたせ」

「バカなことをいうな。子供をさきにとられてたまるものか。待て待て、よい考えがある」

ゴリラ男爵はしばらくモゾモゾしていたが、やがて、

「どうだ、こうしておきゃア。あっはっは、人間の振り子ができたよ」

と、おもしろそうに笑う声に、上をふりあおいだ一同は、思わずアッと手に汗をにぎった。

美代子と龍彦は一本の綱の両端にしばられて、鐘楼の避雷針にブラさげられているのである。あまり残酷なこのやりくちに、史郎ははらわたが煮えくりかえるようであった。ふたりとも気をうしなっているからよいものの、もし気がついたら、それこそ、恐怖のために気がくるうか、それともいっぺんに死んでしまうだろう。

ゴリラ男爵は手を打って笑いながら、

「さあ、これでこっちはかたづいた。やい、等々力警部、教会のうしろに張りこんでい

る警官たちを、みんな表のほうへまわすようにしろ」

約束だからしかたがない。警部が合図をすると、教会のうしろにいた警官たちは、みんなゾロゾロ表のほうへひきあげた。

「ようし、それじゃ、小山田博士、等々力警部、いずれそのうちまた会おう」

あの気味の悪いマントの袖をはためかすと、ゴリラ男爵は鐘楼の屋根からサッと教会の屋根へとびおりた。そして、ツッツッと瓦の上をわたっていく。こんなときの用心にと、あらかじめ靴をぬいでいるので、そのすす早いことといったら、それこそサルにそっくりだ。

またたく間に屋根をわたって、教会の背後へ出ると、コウモリのようにマントをひるがえしてサッととんだ。教会の背後には掘割があるが、いつの間にやら、そこへ一艘のモーター・ボートがはいってきた。ゴリラ男爵がとびこんだのは、そのモーター・ボートの中だった。

パン、パン、パン――

鐘楼に詰め掛けていた警部や警官が、ピストルを乱射しながら、ひと足おくれて屋根のはしへたどりついたときには、モーター・ボートはすでに掘割を抜けて荒川放水路へ、そしてさらに東京湾へ。――モーター・ボートのハンドルをにぎっているのは、あの小男の音丸だった。

モーター・ボートはみるみるうちに、夜霧の中に見えなくなった。

崖上の怪屋

美代子と龍彦は助かった。

しかし、助かったとはいうものの、ふたりとも魂の抜けがらみたいなものであった。わけても龍彦は苦労を重ねた年月がながかっただけに、心身に受けた打撃も大きく、かいふくするまでには相当かかるだろう。小山田博士はこのふたりを、信用のできる病院へあずけて、一日も早くかいふくすることを祈っている。龍彦は孤児同然の身のうえだから、博士が父のような慈愛を持っていつくしんでいるのである。

こうしてぶじに人質はとりかえしたけれど、残念なのはゴリラ男爵を逃がしたことだ。それについて、世間では小山田博士を非難する者も少なくない。博士はわが子かわいさに、大悪人ゴリラ男爵を見逃したのだと。——そんなうわさが耳にはいるにつけ、博士の心苦しさはひととおりではない。一日も早くゴリラ男爵をつかまえて、世間の人びとを安心させなければならない。そう決心した小山田博士は、日夜をわかたぬ活動でめっきりやつれた。やつれたかわりに博士の活動は、着々として功を奏しているのだ。

博士がまず解いたのは、「七つの鐘、七つの聖母、七つの箱」と、青沼春泥が死ぬ間ぎわにもらしたことばの謎である。

きみたちはおぼえていられるだろう。この物語のはじめに、緒方医師がやぶにらみの男に、怪しげな家へ連れこまれたとき、教会の鐘を聞いたということを。……緒方医師はその鐘の音から、自分の連れこまれた家を、古柳男爵の邸宅であろうと判断して、そのことを等々力警部にうったえ出たのだ。ところが、のちにわかったところによると、その時分、古柳男爵邸のすぐそばにある、高輪教会では、鐘にヒビがはいって鳴らなくなっていたという。と、すればあの晩、緒方医師の聞いた鐘は、いったいどこで鳴らしたのだろうか。

それからまたもうひとり、やぶにらみの男に誘拐された人物がある。それは東京でも一といって二とさがらぬ洋服仕立職人で、かれは古柳男爵の着ている洋服やマントと、まったくちがわぬ品をつくらされたということだが、かれの連れこまれた部屋というのも、高輪の古柳家の一室と、同じ作りかたであったという。ところがふしぎなことにはその時分、高輪の古柳男爵邸は、アリのはい出るすき間もないほど、厳重に見張られていたのだから、ゴリラ男爵であろうとだれであろうと、出入りをすることは絶対にできないはずなのだ。

小山田博士はそのころから、高輪の古柳家と少しもちがわぬつくりの家が、どこかほかにあるのだろうとにらんでいたが、さすがにそれが、七軒もあろうとは夢にも思わなかった。

ああ、七軒のまったく同じつくりのかくれ家！　古柳男爵のような悪がしこい人間でなくて、どうしてこんなことが考えられよう。

だが、こうわかってみると、かくれ家をさがすのもかえってかんたんだった。七軒のかくれ家には、どれも近所に教会があり、教会には同じ音色の鐘があるのだ。七軒のうち、高輪の古柳男爵家と、砂町の木常病院はすでにわかっているのだから、あと五つ、教会を発見すればよいのだ。

小山田博士は等々力警部に頼んで、東京じゅうの教会をかたっぱしからしらべてもらった。そしてとうとうその中から、同じ音色の鐘を持った、四つの教会をさがし出したのだ。しらべてみると、それらの教会の近くには、いずれも古柳男爵邸とおなじつくりの家があり、しかもそれらの教会と家のあいだには、秘密の地下道があることまで明らかとなった。

七つの鐘、七つの聖母、七つの箱。……

謎のようなこの文句は、こうしていまやすっかり明らかとなった。古柳男爵は盗みためた宝石類を七つの箱におさめ、七つの教会の、七つの聖母の台の下にかくしておいたのだ。

そして、いまや七つの教会のうち六つまでが発見された。

だが、最後のひとつは……？　等々力警部の必死の捜索にもかかわらず、それはどうしても発見されなかった。しかも、六つの教会が発見されたときには、ときすでにおそく、聖母の下にかくされていた宝石箱は、いずれも持ち出されたあとだったのだ。

ああ、最後に残されたひとつのかくれ家、それはどこにあるのだろうか。

小山田博士の書斎では、博士をはじめ宇佐美恭助、それから史郎や太ア坊まで額をあつめて、東京全図の地図しらべによねんがなかった。こうなっては、警察にばかりまかせてはおけないので、恭助や史郎、それから太ア坊まで動員して、東京じゅうをしらべまわっているのだが、そこへやってきたのが等々力警部である。

「ああ、等々力さん、何かわかりましたか」

ただならぬ警部の顔色を見ると、すぐに博士がそうたずねたが、警部は力なく頭をふって、

「いいえ、例のかくれ家はまだわかりません。しかし、それとは別に、きょうは非常に妙なことがあったのです」

「妙なこと……？」

「そうです。先生、ごらんください。これなんです」

等々力警部がとり出したのは革のケースで、ハガキぐらいの大きさである。博士がふしぎそうにケースを開くと、中には六本の試験管がはいっており、試験管には厳重に封蠟がしてある。

「なんだい、こりゃア……」

博士が試験管をとりあげようとすると、

「先生、気をつけてください。試験管をこわしちゃ、たいへんなことになります」

警部の声があまり心配そうだったので、一同はふしぎそうに試験管の中をのぞいたが、すぐ妙な顔をして警部の顔を見直した。

「やあ、警部さん、これ、ノミじゃない？」

太ア坊がとんきょうな声で叫んだ。

一同が驚いたのも無理はない。六本の試験管には、どれにも十五、六匹のノミが、ピョンピョン跳ねているのである。

「そうだよ、太ア坊、ノミだよ。しかしノミはノミでもただのノミじゃないのだよ。先生、それはみんなペスト菌を持ったノミですよ」

「ペスト菌？」

一同は思わず手に汗をにぎった。

伝染病のなかでもいちばん恐ろしいペストが、ネズミから伝染することはきみたちも知っていられるだろう。そしてその病気のなかだちをするのがすなわちノミなのだ。ペストにかかったネズミの血を吸ったノミが、人間にペスト菌をうつすのだ。だからペストがはやるときには、一番にネズミ退治をしなければならないし、また、ノミを撃滅しなければならないのだ。

「よし、話をきこう。等々力くん、きみはどこから、こんな恐ろしいものを手に入れたのだ」

「先生、お聞きください。こういうわけです」

警部の話によるとこうである。

浅草に万吉という有名なスリがいる。この万吉が国電の有楽町駅で、人のポケットからスリとったのがこの革のケース。ところが運悪くすぐそばに刑事がいたので、万吉はその場で御用になった。

「ところが、妙なことには、万吉をつかまえた刑事が、スラれた人を呼びとめて、革のケースを見せると、そいつ顔色かえて逃げてしまったというのです」

「逃げてしまった？」

「ええ、そうです。スラれたほうが逃げるなんて、刑事も思いませんでしたし、それに万吉をつかまえているところだし、……で、とうとう逃がしてしまったのですが、そうなると怪しいのはこのケース。何か秘密があるのだろうと、警視庁へ届けてきたのです」

「で、学校や病院に聞き合わせてみたんだろうね」

「もちろん。しかしどこでも心当たりはないといいます。第一、こんな危険なものを持って歩くはずがないというのです。それに、刑事に呼びとめられて逃げ出したところに、うしろ暗いところがあるにちがいありません。そこで……」

「そこで……？」

「万吉を呼びよせて、スラれた男の人相を聞いてみたのですが、そいつはハンチングをかぶり、黒眼鏡をかけていたが、万吉がスリを働く前に眼鏡のしたをのぞいて見ると、そいつ恐ろしいやぶにらみだった……」

「やぶにらみだって？」

史郎と太ア坊が思わず口をはさんだ。小山田博士もおどろいて、

「等々力さん、それじゃそいつ、ゴリラ男爵の配下の蛭池だというんですか」

「そうです。蛭池なんです」

「しかし、等々力さん、やぶにらみだからって、それが蛭池とはかぎらんでしょう。世の中にやぶにらみの男も少なくない」

「いや、ところがそうではないのです。万吉がその男からスったのは、ケースばかりではありません。ほかにこんなものを抜き取っていたんですがね」

警部のとり出したのは一枚の写真だったが、一同はそれを見ると、思わず呼吸をはずませた。まぎれもなくそれは、怪獣王、ゴリラ男爵の写真ではないか。

ああ、気味の悪いゴリラ男爵。

例によって、黒い洋服に黒いマント、頭にはシルクハットをかぶり、手にはステッキ。そしてあのゴリラの顔が、歯をむき出して笑っている。奇怪ともなんともいいようのない写真だった。

しばらくして一同は無言のままこの写真を見守っていたが、やがて小山田博士が決然として、

「なるほどこんな写真を持っていたとすれば、相手は蛭池にちがいあるまい。しかし、蛭池がなんだって、ペスト菌を持ったノミなどを……」

「先生はご存じじゃありませんか。このあいだ深川のほうでペストが発生したのを。……あれはひょっとするとゴリラ男爵の……」

恭助も史郎も太ア坊も、それを聞くと思わず真っ青になった。小山田博士も血の気をうしなった顔で強くうなずきながら、

「そうだ。わしもいまそれを考えていたところだ。みんなおぼえているか。古柳男爵はいつかなんといった。自分をこんな目にあわせた社会に対して、復讐をしてやるといったね。ところがいままであいつは、何ひとつ自分のほうから手出しはしていない。五十嵐邸のさわぎだって、われわれがあいつを釣り出すためにやったことで、向こうから手を出したわけじゃないのだ。だからわたしはいまにあいつが何かやり出すだろうと待っていたのだが、ペスト菌をバラまく……おお、なんという恐ろしいことだ。等々力さん、これは防がねばならん。そうだ。どんなことがあっても、これはやめさせねばならん」

小山田博士はドスンと机をたたいた。

「先生、しかし、どうしたら防げるか。……」

「どうしたら防げるか？　むろん、それには都の衛生課の人びとに働いてもらわねばならん。しかし、それよりももっと根本的な問題は、古柳男爵をつかまえることだ。そして二度とこんなことができないように、刑務所にぶちこんでしまうのだ」

「そりゃア、それに越したことはありません。しかし、どうしたらあいつをつかまえることができますか。あいつの居所さえわからないのに」

「居所？　それはわかっているよ」

「わかっている？」

　驚いてとびあがったのは、等々力警部ばかりではない。恭助も史郎も太ア坊も、びっくりして博士の顔を見直した。

「先生、そりゃアほんとうですか。わかっているのならなぜ教えてくださらなかったのです」

「まあ、落ち着きたまえ。実はわたしもいまわかったばかりだからねえ。みんな、この写真をよくごらん。なんのために古柳男爵が、こんな写真をうつしたか知らんが、いずれ世間をあっといわせる道具に使うつもりだったにちがいない。ところで、男爵の背景となっている景色をよくごらん」

そこは海岸の崖の上らしく、男爵のうしろには海が見え、はるか沖合を汽船らしいものが、一点のしみのようにうつっている。

小山田博士は拡大鏡で写真を見ながら、

「この汽船は先週の土曜日に横浜を出帆した欧州航路の女王丸だ。僕はあの船でイギリスへいく友人を、横浜まで送っていったからよく知っているんだ。ところでこのレンズでよくごらん。甲板からテープみたいなものがたくさんブラさがっているよ。ほら、別れのとき投げ合うテープだ。してみると、これは女王丸が横浜を出帆して間もないころの写真と思われる。と、いうことはこの写真がうつされた場所は、東京湾の内側にあり、しかも女王丸の進む方角から判断すると、おそらく東京湾の西海岸であろうと思われる」

ああ、なんでもない一枚の写真でも、見る人が見たら、これだけのことがわかるのだ。等々力警部も拡大鏡で写真を眺めていたが、

「あっ、そういえば、向こうに雲のように見えるのは、房総半島じゃありますまいか」

「そう、わたしもそうじゃないかと思う。ところで等々力さん、ゴリラ男爵のような人物が、真っ昼間のこのこと散歩に出かけるはずはない。だから、写真の場所は、男爵のかくれ家の庭にちがいないのだ。だから、東京湾の西海岸、房総半島がそういう位置に見えるところをしらみつぶしにさがしていったら、古柳男爵の最後のかくれ家がわかると思うんだが……」

「わかりました、先生！」

等々力警部はうれしそうに叫んだ。

「二、三日のうちに、きっと、古柳男爵のかくれ家をさがしてお目にかけます」

ああ、こうして怪獣王ゴリラ男爵と、小山田博士の最後の一騎打ちは、いよいよ近づいてこようとしている！

警視庁では秘密にしていたが、深川に発生したペストが、ゴリラ男爵のしわざであるということは、いつか世間に知れわたり、日本じゅうは恐怖のどん底にたたきこまれた。

ゴリラ男爵がペスト菌をバラまいている！　おお、なんという恐ろしいことだ。いまに日本じゅうペスト患者で埋まってしまうのだ。そして、あちらでもこちらでも、ペストのためにバタバタ人が死んでいくだろう。……日本じゅうこういううわさにふるえあがらぬものはなかったが、とりわけおひざもとだけに、東京都民の恐怖は大きかった。

都の防疫課でも、やっきとなって防疫につとめた。人びとは必死となってネズミを退治した。ノミを見つけると目のいろをかえてひねりつぶした。それにもかかわらず、ペスト患者の発生はあとをたたなかった。たたないはずだ。ゴリラ男爵がペスト菌をバラまいているのだもの。……

さあこうなるとうらまれるのは小山田博士だ。博士がゴリラ男爵を逃がしたために、こんなことになったのだ。小山田博士よ、一日も早くゴリラ男爵をつかまえて、この罪ほろぼしをせよ。……新聞ではそんなことを書き立てた。

小山田博士はしかし、一言もそれについて弁解しなかった。博士は狸穴(まみあな)の自邸に閉じこもったきり、いっさい面会を断って、考えにふけっているということだ。新聞記者が押しかけても、博士は決して会わなかった。

そこで口の悪い世間ではこういった。小山田博士はめんもくなくて、どこかへ逃げ出したのであろうと。しかし、それはまちがいであった。博士はたしかに狸穴の自宅に閉じこもっているのである。その証拠には、二階にある博士の書斎の窓に、おりおり博士の姿がうつることがあった。

博士はいつも安楽イスに腰をおろし、パイプをくわえて物思いにふけっているようすであった。それを見た人の中には、博士は一生けんめいゴリラ男爵を退治する方法を考えているのだという人と、いや、そうではあるまい。博士は腰が抜けてしまったのだと、悪口をいう人とふたいろあった。

しかし、その人たちがもし、窓にうつる影の本体を知ったなら、どんなに驚いたことであろう。安楽イスに腰をおろして、パイプをくわえているのは、なんと、博士にあらずして、博士にいきうつしの人形なのだ。

わかった、わかった。敵をあざむくにはまず味方からと、小山田博士はゴリラ男爵をあざむくために、世間の人びとからしてあざむいてかかっているのだ。

それではほんとうの小山田博士はどこにいるのであろうか。

だが、しばらくおあずかりとしておいて、ここは東京湾の西海岸——と、いうよりも浦賀水道に面した三浦半島の東海岸、剣ガ崎のほとりである。

この剣ガ崎の突端、海からそそり立つ高い崖の上に、ツタのからみついた、古い煉瓦づくりの洋館が一軒たっている。そしてその洋館と相対するようにそびえているのは、荒れくちて、なかばこわれかけたひとつの教会。——だが、それは教会とは名ばかりで、もし屋根の上にトンガリ屋根の鐘楼がなかったなら、教会ということさえわからなかったであろう。むろん、牧師もおらず信者もなく、建物の中はいたずらに、クモやコウモリの巣になっている。

それは小山田博士の邸宅で、最後の打ち合わせがあってから、一週間ほどのちのことである。

崖のほどよいところに三脚をすえて、せっせとこの教会を写生している若い画家があった。年ごろは二十四、五歳か、いかにも画家らしい長い髪をモジャモジャのばし、ベレー帽を横っちょにかぶり、ゆるいブラウスを着て、いつも細身のマドロス・パイプをくわえている。

この人は四、五日前から、近所の村の宿にとまっているのだが、この教会が気にいったといって、きのうからここに三脚をすえ、写生にとりかかったのである。

画家がよねんなくカンバスの上に絵筆をはしらせていると、崖の下から漁師が二、三人あがってきた。そして、画家の姿を見つけると、もの珍しそうにそばへ寄って、

「やあ、うまいな、あの教会をかいているンだね。ちょっと見な。そっくりにかけてるじゃないか」

「あたりまえだ。餅屋(もちや)は餅屋といわあ。画家さんはそれが商売だもの。画家さん、あんた東京からきなすったのかね」

「フム、東京から写生旅行にきたのだが、あの建物が気にいったので、ここに足をとめることにしたのさ。ありゃアやっぱり教会かね。ずいぶん荒れているンだね」

「ええ、もう、十年も前から放りっぱなしだからね。近ごろじゃ幽霊屋敷ともっぱらの評判でさ」

「幽霊屋敷？　何か怪しいものでも出るのかね」

「へえ、へんなおばけが出入りするという評判なんですよ。小男のおばけがね」

「小男のおばけ？」

　これは聞きずてならぬとばかりに、画家は筆をやすめて漁師のほうをふりかえった。

「はははは、なアに、うわさですよ。そんなことあてになるものですか。第一、それをいい出したのがバカ竹のことだからね。あんなやつのいうことがあてになるもんですか」

「しかし、小男のおばけを見たのは、バカ竹ばかりじゃないよ。ほかにも見たという者があるぜ」

「油屋のおしん婆(ばば)あだろう。あのおしんときたら、また、ひと一倍臆病婆(おくびょうばば)あときてるからね。こわいこわいと思いつめりゃ、どんなものでも幽霊に見えらあ。小男のおばけなんて、あんまりご念が入り過ぎるじゃないか」

「いったい、バカ竹や油屋のおしん婆さんが、小男のおばけを見たというのは、いつごろのことだね」

「へえ、この二十日ばかりのことですよ。そうそう、あの教会の向こうに、古い洋館がありましょう。あの洋館はずいぶん長いことあいていたンですが、二十日ほど前に人がはいったんです。バカ竹やおしん婆あが教会におばけが出るといい出したのは、その時分からのことですよ」

画家はまた、ちょっと心が騒ぐ風情で、にぎっていた絵筆の先がかすかにふるえた。

「そうそう、あの洋館……あの洋館もいいね。教会がすんだら、つぎにはあの洋館を写生させてもらおうと思っているんだが、ご主人というのはどういう人だね」

「それがねえ、ハッキリわからないんです。なんでもひどいご病気で、そこであそこへご養生においでなすったということですが、よほどのお年にちがいない。腰なんか弓のようにまがって、地べたをはうように歩いているんでさあ」

「きみはその人を見たのかね」

「何、見たといっても遠くのほうからちらと見ただけですがね。顔なんかも黒いずきんみたいなものをスッポリかむって……ありゃアよほど人に顔を見られるのがきらいなんだね」

「でも、いい人にゃアちがいないよ。あした、村の者を全部呼んで、ごちそうしてくださろうというんだからね」

別の若者が思い出したようにいった。画家はそれを聞くとドキッとしたように、

「えっ、村の人たちを全部呼ぶんだって？」

「へえ、飲みほうだいの食いほうだいの無礼講というわけでさ。おまけに余興としてサーカスがくるという話ですよ」

「サーカス？　なんというサーカスだね」

「さあ、なんといったけな。おめえ、サーカスの名まえ、おぼえちゃいないか」

「ええ――と、なんといったけな。そうそう極東大サーカスとかいったぜ」

「そうそう、そのサーカスだ。ほら、いつか新聞に出てたじゃないか。ライオンだのゴリラだのが逃げ出して、大騒ぎをやらかしたあのサーカスさ。あれがあしたくるというんで、村の子供たちは大喜びさ」

画家はいよいよ心が騒ぐふぜいである。

「いったい、あのうちのご主人はなんというお名まえだね」

「一柳さんとおっしゃるんだよ。たいそうなお金持ちだが、長らく外国へいってらっしゃって、向こうで金もこさえたが、その代わり、無理がたたってからだを悪くなすったという話だ。それで、保養かたがた、日本へ帰ってきなすったんだね」

「ふうむ、しかし、きみはいったいだれにそんな話聞いたの。このへんに、一柳さんの知り合いのかたでもいるのかね」

「いえ、そうじゃありませんが、あの家におしゃべりな家政婦がいましてね。それが村へ出てきてはなんでもかんでも、ペラペラしゃべるんでさ」

「ほんとにあの家政婦はおしゃべりだよ。こっちの聞かないことまでペラペラしゃべるんだからね。キツネみたいな顔をしているから、はじめはいやだったが、あれでなかなかお人好しなんだね」

キツネみたいな顔をしたおしゃべり女……ああ、ひょっとすると、それはもしやケン子夫人ではあるまいか。

昏々先生は砂町教会の地下道で、首をしめられて死んでいたが、ケン子夫人はあれ以来、ゆくえがわからなくなっているのである。

思うに昏々先生がしめ殺されたのは、あの抜け穴を発見し、それからひいては、聖母の像の下にかくしてある宝石を見つけて、ひそかにそれを横取りしようとしたのを、ゴリラ男爵にかんづかれたためであろう。

しかしケン子夫人には罪はなかった。夫人は夫がそんな大それた野心を持っていることさえ気がつかなかったのである。そこでゴリラ男爵は、ひそかに彼女を連れ出して、家政婦としてつかっているのであろう。

こうなるともう疑うまでもない。剣ガ崎の崖の上にそびえているあの洋館こそ、ゴリラ男爵の最後のかくれ家にちがいないのだ。

画家は心にうなずくと、にわかに三脚をたたみ、カンバスをしまうと、漁師たちにあいさつもそこそこに立ち去ったが、さて、その翌日のことである。

剣ガ崎の付近では、盆と正月がいっしょにきたように、たいへんなにぎわいであった。いつもピッタリ門を閉ざした崖上の邸宅が、きょうは朝から八文字に正門を開いて、その門の中へぞくぞくとして、吸いこまれていくのは、きょうを晴れと着かざった村の老若男女である。

極東大サーカスの一行は、すでにお屋敷の中へくりこんでいると見えて、陽気なバンドの音が、人の心をそそるように聞こえてくる。

邸内には、いつしつらえたのか、テント張りの小屋があちこちにできていて、そこではおすしでも、おそばでも、おでんでも、おしるこでも、また、お酒でも、ビールでも、食いたいほうだい飲みたいほうだいだった。

こうしてお昼過ぎには、さしもひろい邸内も、近在の人びとでいっぱいになったが、それにしても、この主人がゴリラ男爵であるとすれば、男爵はいったい何をたくらんでいるのであろうか。

七色のあられ

ちょうどそのころ、一柳家の奥まった一室では、ふたりの男がヒソヒソと密談にふけっていた。

「どうだな。だいぶ集まったようすかな」

そうたずねたのは大きな革イスに腰をおろした人物。頭からスッポリと三角形のトンガリずきんをかぶり、腰が弓のようにまがっているところを見ると、この人こそ一柳家の主人にちがいない。

「はい、もうあらかた集まったようでございます」

トンガリずきんの男の問いに対して、こう答えたのは、なんと身長一メートル三十くらいの小男――とこういえばきみたちはすぐに、この人物が何者であるかおわかりになったにちがいない。

そうだ、きみたちもお察しのとおり、この男こそ音丸三郎なのだ。そしてまた、この男が音丸である以上、かれと向かいあっているトンガリずきんの怪人が、古柳男爵であることは、いまさらこと新しく述べるまでもあるまい。

「よしよし、それではよいかげんに、門を閉めてしまったがよい」

「はい、それはもうさっき閉めましてございます。泣こうがわめこうが、もう一歩たりともお屋敷を出ることはできますまい」

「そうか、よしよし、いまに目にもの見せてくれるわえ。あっはっは」

古柳男爵はいかにもうれしそうに、手袋をはめた両手をこすり合わせながら、

「ときに音丸、花火のしたくはよいだろうな」

「はい、万事用意ができております。合図があれば、いつでも打ち出せるようになっております」

「そうか、そうか。すると何も手抜かりはないな」

「はい、手抜かりはございません」

「よし！」

古柳男爵は、出し抜けにイスから立ちあがると、まがった足でヨチヨチと、部屋の中を行きつ戻(もど)りつしながら、

「なあ、音丸、よくお聞き。これこそ古柳男爵一世一代の大芝居のはじまりなのだ。い

つかわしは小山田博士に宣言してやった。自分をこのような破目に追いこんだ世間のやつに、きっと復讐してやるとな。その復讐がいま目の前に近づいているのだ。おれはな、ペスト菌をバラまいて、東京じゅうをペストの巣にしてやろうと思うた。しかし、近ごろでは防疫法というやつがゆき届いているし、それに蛭池のバカがヘマをやらかしたばっかりに、すっかり小山田のやつに計画を見破られてしまった。おかげで、おれの思ったほどペスト患者が発生しない。そこで思いついたのが今度の計画だ。なあ、音丸、おまえも知っているだろう。あの花火……あっはっは、なんという恐ろしい花火だ。これこそ地獄の花火なのだ。いまに見ろ。この屋敷じゅう死人の山で埋もれるのだ」

古柳男爵は、部屋の中を歩きまわりながら、のべつ幕なしにしゃべっている。しゃべっているうちに、自分のことばに酔ったように、手をふり、足を踏みならした。

「おれはこの花火をつくるために、ずいぶん長いあいだかかった。おれの脳みそのかぎりをつくしてやっとこしらえあげたのだ。おまえも知っているだろう。花火の中にはおれの発明した、恐ろしい薬が仕掛けてある。ドカンと花火をブッ放すと、その薬がこまかい霧となって降ってくる。恐ろしいのはこの霧だ。一度こいつが触れると、もうその人間は助からぬ。薬液のかかった皮膚に赤い斑点ができると、瞬きをするひまもない、そいつはコロリと死んでしまうのだ」

古柳男爵は気味悪い歯ぎしりをして、

「しかし、恐ろしいのはそれだけではないぞ。ただそれだけのことなら、それほど珍しい発明とはいえんわい。恐ろしいのはこの斑点の伝染力だ。もし、この斑点で死んだ男に、うっかりさわったが最後、たちまちそいつも感染して、これまたコロリと死んでしまう。そしてまた、その感染したやつにさわったやつは、これまたコロリと参るのだ。おお、すばらしい伝染力！」

古柳男爵は自分のことばに酔ったように、

「なあ、音丸、おまえもいつか見たであろう。試験に使って殺したイヌに、スズメがきてとまったら、たちまちそのスズメがコロリと死んでしまったじゃないか。あっはっは、これにくらべれば、ペストもコレラもものの数ではない。しかも、この病気には予防法は何もないのだ。一度はやり出したら最後、枯れ野をやく火のように、どこまでもどこまでもひろがっていって、とどまるところがないのだ」

古柳男爵はそこでキキと、サルのような歯ぎしりの声をあげた。

「復讐してやる。この薬でおれは世間に復讐してやるのだ。いまに東京じゅう、日本じゅう、いや世界じゅうの人間という人間を根だやしにしてやるのだ」

おお、なんという恐ろしいことば、なんというぶきみな呪い。怪獣王ゴリラ男爵は、気のくるった天才の頭脳をもって、いまや全人類を滅亡させようとたくらんでいるのだ。

「しかし、だんなさま」

音丸がおだやかな声でたしなめるようにいった。

「それならばあなたさまはなぜあの花火を、東京の真ん中で打ちあげないのでございます。なぜ、このようなへんぴなところで、打ちあげるのでございます」

「ああ、そのことか。それはな、おれはきょうここで試験してみようと思うのだ。なに、試験などせずとも、りっぱに成功することはわかっている。しかし、念には念を入れよということがある。ここで一度試験してみて、うまくいったら、東京の真ん中で打ちあげてやる。ああ、見物だな。東京じゅうの人間が、老いも若きも、男も女もバタバタと、将棋倒し(しょうぎだお)に死んでいく。おお、なんという壮観だろう」

まったく鬼だ。悪魔であった。古柳男爵はいまや復讐の悪鬼と化しているのであった。男爵はなおもしばらく、気がくるったようにこの計画について語り、その結果を想像し、うちょうてんになって部屋の中を歩きまわっていたが、しばらくすると昂奮(こうふん)もおさまったのか、ケロリとしたようすになって、

「ときに音丸」

「はい、なんでございます」

「宝石はどうした。宝石の用意はしてあるだろうな」

「はい、宝石なら、この箱の中にひとまとめにしてございます。お目にかけましょうか」

「おお、見せてくれ、久しぶりに目の保養をしたい」

「どうぞ、存分にごらんくださいまし」

音丸が部屋のすみから厳重に鉄鋲(てつびょう)を打った箱を持ってきてふたを開いた。と、そのとたん七色の虹(にじ)がほの暗い部屋のひとすみにかがやきわたった。

古柳男爵はしばらく、息をこらしてこの宝石を見つめていた。それから箱のそばにひざをつくと、両手で宝石をしゃくいあげた。手ぶくろをはめたみにくい男爵の両手から、宝石が七色のあられとなってこぼれ散った。

「おお、おお、おお、おれの宝石、美しいおれの宝石!」

トンガリずきんの奥から、異様に熱をもったひとみがかがやき、両手はワナワナとふるえている。男爵はしばらく、うっとりとして宝石をかきまわしていたが、やがてやっと満足したように、

「もうよい、しまっておいてくれ」

昂奮のために汗ばんだ額をこすりながら、古柳男爵はよろよろと立ちあがると、

「音丸、それじゃ忘れぬようにな。その宝石はボートの中につんでおいてくれ。花火を打ちあげたらすぐにここを脱出するのだ。わかっているだろうな」

「はい、よく、承知しております」

「じゃ、おまえはその箱といっしょにボートの中で待っているのだ。おれはすぐにあとからいく。いいか。忘れぬようにコートをすっぽり頭からかぶっているのだぞ。うっかり花火の霧を浴びたらたいへんだぞ」

「わかりました。しかし、だんなさま」

「なんだ」

「だいじょうぶでございますか。小山田博士や等々力警部がこの家の付近をうろついて

いる形勢があります。きのう、崖の下で写生をしていた画家は、たしかに宇佐美という若者でした。ひょっとすると、あいつら村の者に化けて、お屋敷にまぎれこんでいるかもしれません」

男爵は、それを聞くと、気味悪い声を立てて笑った。

「音丸、それこそこっちの望むところだ。小山田博士も等々力警部も、それからあの若僧もチンピラたちも、みんなここへくるがいい。いまにからだじゅう、赤い斑点だらけになって、もがき死にに死んでしまうのだ。わっはっは！」

そこへ足音が近づいて、外からドアをノックする音がした。

「だれだ？　ケン子か、おはいり」

ドアを開いて顔をのぞかせたのは、まぎれもない、木常昏々先生のおくさんケン子であった。

「あの……だんなさま、そろそろお時間でございます。みなさまにごあいさつなさるのではございませんか」

「ああ、そうか、よしよし、いますぐいく。それから、ああ、ケン子や、花火がかりの蛭池のところへいってな。あいさつが終わると、わしがハンケチをふる。それが合図だから、花火を打ちあげるようにいっておくれ」

「はい、承知いたしました」

ケン子が出ていくと、古柳男爵はもう一度音丸のほうをふりかえって、

「それじゃ、音丸、抜かるまいぞ。花火の音が聞こえたら、すぐ出発できるように用意をしておけ」

古柳男爵はいったん部屋を出ていったが、ものの三分とたたぬうちにひきかえした。

「おや、だんなさま、何かお忘れものでございますか」

音丸がふしぎそうにたずねると、

「ああ、いや」

と、古柳男爵はずきんをかぶった顔をそむけるようにして、

「その宝石箱だがな。それはやっぱりわしが持っていこう」

と、ひくい、ほとんど聞きとれないくらいの声でいった。

「え？　それはどうしてでございますか」

「どうしてというわけではないが……なんだかおれは気がかりなのだ。なあ、音丸、おれがどんなに宝石気ちがいかということは、おまえもよく知っているだろう。おまえを疑うわけじゃない。しかし、おれはかたときも、宝石のそばから離れたくないのだ。さ、それをもらっていこう」

「そうですか。それではあなたのお望みのままに」

「よし。では、さっきの約束を忘れるな」

宝石箱を小脇(こわき)にかかえた男爵が、ノロノロと部屋を出ていくのを見送ってから、音丸は急いで部屋の中を片づけはじめた。あとで警察の手がはいっても、証拠が残っていな

いように気をくばるのだ。古柳男爵にとって、音丸はまったく忠実なイヌだった。主人が悪人であろうがあるまいが、音丸は少しもかまわなかった。男爵の命とあらば、どんなことでもやってのける。男爵のために、一身をささげてもいとわない。それが、このあわれな小男にとって、ただ一つの喜びなのであった。

やがて音丸は、何も見落としているものはないかと、念入りに部屋の中を見まわしたのち、急ぎ足で部屋を出ていった。おそらくボートの用意をしにいったのであろう。

「親方、妙なことがありますぜ」

そこはきょうの催しに、景気をつけるために呼ばれてきた、極東大サーカスのうす暗い楽屋であった。親方のヘンリー松崎が鏡に向かって、きらびやかなコスチュウムをつけていると、そこへ若い団員が気味悪そうな顔をしてはいってきた。

「なんだい。川上、何か変わったことでもあったのか」

「それがね、どうもへんなんです。親方はいつか五十嵐さんの裏の空き地で、興行をしていたときのことをおぼえているでしょう」

「なんだい、出し抜けに……あのときのことを忘れてたまるものか。ゴリラ男爵のために、だいじな動物たちをめちゃめちゃにされて、危うく解散という破目になったのだ。あのときのことを思うとおれはいまでもくやしくてたまらない」

親方のことばどおり、一時は解散のどたん場まで追いつめられた極東大サーカスだったが、それでは団員たちがその日から、暮らしに困るところから、気をとり直して、ささやかな興行をつづけることになった。しかし、かんじんの動物たちがいなくては、大サーカスなどといばってもいられない。いまでは田舎から田舎へとまわる、しがない、貧弱なサーカス団に落ちぶれている。それがこのたびはからずも、この近辺をうってまわっているうちに、一柳家から話があって、きょうここへ出張してきたのであった。

「さあ、それです」

と、川上という若い男は身を乗り出して、

「そもそも、ああいう破目になったのは、うちのピエロの小虎がお酒を飲まされて、ぐっすり眠りこんでいるあいだに、ゴリラ男爵の配下の小男が、動物のオリを開いたからでしょう。ねえ、そうでしたね」

「うん、そのとおりだよ。しかし、それがどうしたというんだ」

「ところで小虎のやつにお酒を飲ましたのは、ひどいやぶにらみの男だったということでしたね。いや、わたしも現に、ほんのチラリとだが、そいつを見て知っているんです。ところが……」

「ところが……おい、どうしたんだ。そんなに気を持たせずにハッキリいえよ」

「へえ、ところが、そのやぶにらみの男がいるんですよ。この家に……」

団長はカッと大きく目をむいた。

「おい、ほんとうか、それは……」

「ほんとうです。まちがいありません。わたしだって怨み骨ずいに徹しているんです。あいつの顔を忘れてたまるもんですか」

「そして、どこにいるんだ、そいつは？」

「お庭のすみに花火の仕掛けがしてありましょう。そこで番をしているんです」

「すると、川上、このお屋敷はゴリラ男爵と何か関係があるというのかい」

「さあ、そこまではわかりませんが、いろいろ妙なことがありますぜ。村の人の話を聞くと……」

「ちょっと待て。そういえばおれにも思いあたることがある。さっきちらっと見た人の中に、どうもどこかで見たことのある顔だと思ったのがあるが、そういわれてハッキリ思い出したよ。ありゃア小山田博士だったのだ。博士が変装して、このお屋敷にまぎれこんでいなさるんだ」

「親方、そうするとここはやっぱり……」

「しっ、だまってろ。こりゃアおもしろくなってきたぜ。ゴリラ男爵にゃア深い怨みがあるんだ。もしそんなことなら……」

と、団長はものすごい微笑を浮かべたが、すぐ思い出したように、

「ときに川上、ピエロの小虎はいるだろうな」

「さあ、それなんですがね。やぶにらみの男を見つけると、すぐにあいつを探してみたんです。ひとつ首実検をさせてやろうと思ってね。ところが小虎のやつ、どこを探して

も見えないのですよ」

「何、小虎が見えない？」

団長は不安らしくまゆをひそめて、

「それじゃ至急さがしてみろ。あいつのことだから、またどこかで寝てるんじゃないか。おや、あれはなんだい」

そのとき場外から割れるような拍手が聞こえた。いよいよ、ゴリラ男爵のあいさつがはじまったのである。

「おい、川上、ちょっと外へ出てようすを見てやろうじゃないか」

庭を見おろすバルコニーの上には、この家の主人が立っていた。黒い三角のトンガリずきんに、黒いダブダブのマント。むろん、顔も形もわからないが、弓のようにまがった背中は、ゴリラ男爵にソックリだった。

「親方、ありゃア……」

「ふむ、やっぱりゴリラ男爵にちがいない」

団長は思わず息をのんだ。

「しかし、なんという大胆なやつだろう。それにまた何をしでかすつもりだろう。おい、川上、気をつけろ。男爵がこんなことをやらかすからには、きっと、それ相当の魂胆があるにちがいない」

「親方、おれはなんだか気味が悪くなってきた」

川上という若い男は、にわかにガタガタふるえ出したが、ちょうどそのときバルコニーの上ではゴリラ男爵のあいさつがようやくおわって、

「さて、みなさん」

と、男爵はずきんの下からいちだんと声をはりあげた。

「かくもみなさんが大勢おいでくださったことは、私にとって身にあまる光栄であります。つきましては私はみなさんに、世にも珍しいプレゼントをさしあげようと思うのであります。プレゼントとはほかでもありません。向こうにしつらえてある花火です。いまあの花火を打ちあげますが、はたしてその中から何がとび出すか、鬼が出るか蛇が出るか、何とぞ、みなさん、楽しみにしてお待ちください」

ゴリラ男爵はそこでことばを切ると、のどの奥であざけるような笑い声をあげながら、ズラリと庭を見おろした。人の好い村人たちは、はたして何がとび出すかと、かたずをのんで待っている。やがて、男爵はポケットよりハンケチをとり出すと、もったいぶって二、三度振った。

ああ、ハンケチは振られたのである。そして、つぎの瞬間、ドカーンと花火が、空中高く打ちあげられた。

あぶない、あぶない。

いまに空中から恐ろしい薬液が、霧となって降ってくるのだ。そしてその霧に触れた

が最後、たちどころに赤い斑点ができて死ぬのだ。そして、それにさわった人もイヌも鳥も、順ぐりにバタバタと同じ病気で死んでいくのだ。ああ、小山田博士や等々力警部は何をしているのであろう。

しかし、だれもそんなことを知っている者はない。そして、人間、何も知らぬということほど強いものはないのだ。人びとは手に汗にぎって、何が落ちてくるかと空を仰いでいる。

一瞬――二瞬――

と、ふいに何やらパラパラと、固い小石のようなものが頭上から降ってきた。

「あっ、痛い」

頭をかかえてとびのいた人びとが、足もとを見ると、何やらキラキラ光るものが落ちている。何気なくそれをひろいあげたひとりが、

「あっ、宝石！　ダイヤモンドだ」

と、叫んだからたまらない。庭を埋めつくした人びとは、わっとなだれをうってもみあった。

なるほど、宝石だ。

ダイヤもある。ルビーもある。サファイヤもある。色美しい宝石が五色のあられとなって降りしきる。七彩のしずくとなって土に散る。

「わっ、ルビーだ、エメラルドだ。ダイヤモンドだ」

「ああ、ほんとうにすばらしい贈り物だわ」

と、われを争って地上にころがる宝石を、ひろい集める人びとを見て、バルコニーにいるゴリラ男爵はびっくりして目をこすった。いったいこれはどうしたのだ。あの恐ろしい霧はなぜ降ってこないのだ。それに、宝石だって？　じょうだんじゃない。みんな気がちがったのではあるまいか。……

男爵はもう一度目をこすり直したが、そのとき、カラカラと音を立てて足もとに降ってきたのは一個のダイヤ。ゴリラ男爵はそれを見ると、びっくりしてとびあがった。

「あっ、これは……」

と、そのときだった。

うしろからガッシリと肩に手をかけた者がある。

「古柳男爵」

「何？」

古柳男爵はびっくりしてふりかえったが、そのとたん、全身が怒りのためにふるえた。男爵のうしろに立っているのは、三角形のトンガリずきんにダブダブのマント、しかも背中が弓のようにまがっているところまで、ゴリラ男爵にそっくりの怪人だった。

「だ、だれだ、きさまは。顔を見せろ、顔を……」

古柳男爵はのどをしめつけられるような声をあげた。

「はっはっは、男爵、わたしがだれだかわからないかね。よろしい、それではお望みにまかせて顔を見せてあげよう」

相手がトンガリずきんをとったせつな、

「やっ、き、きさまは小山田！」

いかにもそれは小山田博士だった。小山田博士はおだやかに微笑していたが、さすがに緊張のために、青白んだ頰はピクピクとけいれんしている。

「ああ、わかった、それじゃ花火の中をすりかえて、宝石をバラまいたのは、きさまのしわざだな」

「はっはっは、そのとおり。さいわいトンガリずきんとダブダブのマント、これで音丸をあざむいて宝石箱はこっちへもらったのさ。しかし、安心したまえ。花火の中へ仕掛けたのは、みんなにせ物のガラス玉ばかりさ。村の人たちにぬか喜びをさせるのは悪いが、ちょっと、きみのどぎもを抜いてやろうと思ってね」

「く、くそっ、ちくしょう！」

「古柳男爵、宝石を取りあげられてしまえば、きみの神通力も半分以上なくなったも同然だ。すなおに降参したらどうだ」

「おのれ、おのれ、おのれ」

「男爵！　やぶにらみの蛭池も捕らえられた。あの大男も取り押さえたぞ。きみはもう羽根をむしられた小鳥も同じだ。それ、等々力くん」

小山田博士が片手をあげると同時に、バラバラとバルコニーに現れたのは、等々力警部をはじめとして、刑事の一行。そのうしろには恭助もいる。史郎もいる、太ア坊もいる。

「古柳男爵、しんみょうにしろ！」

等々力警部は古柳男爵の手を押さえた。

だが、そのとき、警部のほうにほんのわずかばかりの油断があったのである。こうして大勢でとりまいてしまえば、古柳男爵がいかに魔力ありとはいえ、しょせん袋の中のネズミである。そういう安心が警部の心になかったとはいえない。それがいけなかったのである。

警部の手をふりはらった男爵が、サッと右手をあげたと見るや、何やら梅の実ほどのものがバルコニーにとんでくだけた。

すさまじい閃光！　モウモウたる毒煙！

「しまった！」

一同は思わずバルコニーに顔を伏せる。鼻をさすはげしい臭気。涙がとめどもなくポロポロあふれる。

催涙ガスである。

と、そのときに、ゴリラ男爵は身をひるがえしてバルコニーから中へとびこんだ。

「しまった、逃げるぞ！」

「それ、家のまわりを包囲しろ。とり逃がすな」

だが、だれもかれも催涙ガスにやられて向こうが見えない。あとからあとから、とめどもなく涙があふれるのだ。

と、そのときどこかでドドドドとエンジンの音。

「等々力くん、気をつけろ。海へ逃げるにちがいないぞ。海上に気をつけろ!」

あふれる涙をハンケチで押さえながら、小山田博士は真っ先に立って、バルコニーをとび出して崖のふちに駆けよった。警部も刑事もパラパラとあとから駆けつけてくる。

と、見れば、切り立ったような崖のふもとから、いましも一艘のモーター・ボートがとび出してくる。わかった、わかった。この屋敷にも地下道があって、それが崖下の水門に通じているにちがいない。

モーター・ボートに乗っているのは、たしかにゴリラ男爵と小男。男爵はもうずきんをかぶっていない。あの醜悪な顔から歯をむき出して、獣のようにキキと笑った。

「撃て!」

その瞬間、警部が叫んだ。

と、崖上にならんだ十数人の刑事の手から、いっせいにピストルが火をふいた。

一回、二回、三回。……

ピストルの音が静かな海面にとどろきわたる。

「ちくしょう、これでもくらえ」

警部はつづけざまにピストルを乱射する。と、どの一発が命中したのか、突然、モーター・ボートのエンジンが火をふいた。

「あっ、あたったぞ！」

青白い焔が、メラメラと燃えあがったかと思うと、つぎの瞬間、すさまじい爆音と共に、モーター・ボートはこっぱみじんとなって空中高く噴きあげられたのである。

あのみにくいゴリラ男爵と、部下の小男を焔の中に包んだまま。……

ゴリラ男爵はほろんだ。かれの唯一の配下であった音丸とともに、東京湾の空に噴きあげられたのである。

このことは、それから間もなくおこなわれた海上捜査によって、もう疑うまでもない。ゴリラ男爵は、全身やけどを負うた死体となって発見されたし、また、音丸も顔面を火に噴かれて、ふた目と見られぬ恐ろしい形相となってただよっていた。

この報がその日ただちに、ラジオによって全国につたえられたから、さあ、人びとの喜びようといったらなかった。

怪獣王ゴリラ男爵はほろんだ。きょうからは枕を高くして寝られるのだ。さいわい、東京都のペストもおいおい下火になってきたし、もうペスト菌をバラまかれる心配もない。ことにゴリラ男爵が最後にたくらんでいた、あの恐ろしい伝染病のことを伝え聞いたとき、人びとは、あまりの惨忍さにふるえあがると同時に、それを前もってふせいでくれた小山田博士に対して、いまさらのように感謝のことばをささげるのを忘れなかった。

こうして小山田博士は一躍日本一の英雄になった。毎日毎日感謝の手紙や電報がひきも切らず博士のもとに届いた。

さいわい美代子も龍彦も、その後しだいに経過がよく、めでたく退院する日も近いだろうといわれている。

こうして、どちらを見ても博士のまわりは、おめでたいことづくしだったのに、どういうものか博士は、なんとなく浮かぬ顔をしていた。

「おとうさん、何をそんなに沈んでいらっしゃるのですか。ゴリラ男爵もほろんだし、美代子や龍彦くんも近く退院するどいうのに」

史郎が心配してたずねても、博士は首を左右にふって答えなかった。

それではいったい、小山田博士は何を心配しているのであろうか。何をあのように浮かぬ顔をしているのであろうか。

博士は心中ひそかにこう考える。

――ゴリラ男爵はほんとうに死んだのであろうか。いや、あの剣ガ崎の崖下で、こっぱみじんとなったのは、ほんとうに怪獣王ゴリラ男爵だったろうか。もしそれならば、古柳男爵が、ロロといっしょに買ってきた、双生児の兄弟ポポはどうしたであろう。古柳男爵はかつて、自分の着ている洋服と、何ひとつちがわぬ衣装をもう一着つくったというではないか。ひょっとすると、あのとき噴きあげられたのは、ロロではなく、ポポのほうではあるまいか。すなわち、怪獣男爵は、ポポを身代わりに立てて、自分はどこかへ姿をくらましたのではあるまいか。——

小山田博士の恐れる原因は、もうひとつある。それは、極東大サーカスのピエロ小虎が、あの日以来ゆくえがわからぬということである。

——ひょっとすると、あのときモーター・ボートから噴きあげられた小男は、音丸三郎ではなくて、極東大サーカスの小虎だったのではあるまいか。小男の死体は発見された。しかし、それは全身にやけどをしていたし、顔はふた目と見られぬほど、火に噴かれて、相好の見分けは全然つかなかったのだ。……

小山田博士の心痛はこういう恐ろしい疑問にあるのだ。

博士はおりおり恐ろしい夢を見ることがある。それは怪獣王ゴリラ男爵が、小男の音丸とともに、ふたたびこの世に現れて、惨忍きわまる悪事を働くという夢である。

怪獣王ゴリラ男爵はほんとうに死んだのか。それとも博士が恐れているとおり、まだどこかに生きていて、ひそかに活躍のチャンスを狙(ねら)っているのか。——それはだれにもわからぬ謎(なぞ)である。

解説

山村正夫

大人物(おとなもの)のミステリーと同様、ジュニア物もさまざまなパターンにわかれているが、その中でも怪奇探偵小説ほどこれまで長年のあいだ、数多くのヤングに親しまれてきたものはないだろう。

人間には恐いもの見たさの心理があり、恐怖の世界にはだれもがおっかなびっくりになりながらも、強い興味を感じるものだからだ。

怪奇探偵小説の特色の一つは、かならずといっていいほど、ゾッとするようなぶきみな姿をした怪人が現れて、次々に奇怪な事件を引き起すことである。

それを読む読者は、物語が進むにつれて自分たちも主人公と同じ立場に置かれているような気分におち入り、背すじに寒けをおぼえずにはいられなくなるのに違いない。ことに夜ひとりで部屋にこもって読んだりする場合は、そのスリルは一段と増してくることだろう。作中に出てくる怪人が、じっさいにもいるのではないかという不安におそわれ、思わず窓の外の暗がりをふり向きたくなるのではないだろうか。トイレにも行けなくなってしまうはずだ。

そうしたゾクゾクするような恐さが、怪奇探偵小説の最大の面白さだが、いま一つの特色は、ぶきみな怪人に立ち向う名探偵の登場である。怪人を悪の代表とすれば、正義の味方の名探偵は、さしずめ善の代表ということになるだろう。

悪は善の前に勝つことはできず、最後は滅びる運命にあるので、名探偵はあらゆることをするどく見通す、天才的に頭脳のすぐれた人物が多いといえる。だが、だからといって名探偵がそうやすやすと怪人を参らせることはできない。怪人の方も、名探偵の何倍も悪知恵にたけているからである。

相手が化け物のように超人的であればあるほど、名探偵はいく度となく苦い失敗を味わわされて、手こずることになるのだ。そしてそのあいだに、主人公の少年少女たちは、幾多の危難にあわなければならない。

名探偵がいつ彼らのピンチを救うことができるか？　怪人の悪だくみを、いかにして打ち砕くか？　読者をハラハラさせて手に汗をにぎらせる、名探偵と怪人との息づまるばかりの知恵くらべや戦いぶりも、怪奇探偵小説ならではの見所といい得るだろう。

横溝正史先生の「怪獣男爵」は、そのような怪奇探偵小説の傑作である。

先生はこれを戦後まもなく、偕成社の書下し長編として岡山の疎開先で執筆された。岡山時代といえば、「本陣殺人事件」や「獄門島」などの大人物の名作をやつぎばやに発表された頃だから、先生のもっともあぶらの乗り切った時期の作品の一つといっていい。むろん小学生を対象にしたジュニア物なので、大人物とはストーリーの構成や展開がまるで違うが、全編にただようぶきみなムードは、読者を酔わせずにはおかないのだ。

横溝先生はこの作で、〝怪獣男爵〟という世にも恐ろしい悪の権化の怪人を創造された。男爵といっても、最近のヤングにはピンとこないかもしれないが、戦前まであった華族の爵位の一つである。その爵位は、公爵、侯爵、伯爵、子爵、男爵と五つの階級にわかれており、貴族として社会的な名誉と地位を持ち、おおぜいの召使いに「ご前さま」とかしずかれた特権階級だった。

だが、本書の怪獣男爵は、同じ貴族でも世間から敬われるようなえらい人物ではない。もとは古柳という一流の科学者だったのだが、兄を殺してから息子の龍彦をゆうかいして財産を横どりした上、宝石狂で数多くの泥棒を働いた悪人なのだ。

その悪事のために死刑になったのだが、古柳男爵は生前に驚くべき発明をしていた。死者の脳髄を別な人間の頭に移し替える、移植手術に成功していたのである。

古柳男爵は助手の北島博士に遺言をして、死後、瀬戸内海のはなれ小島の男爵島に遺体を運ばせ、自ら実験台になった。そして見事にこの世に復活したのだが、彼の脳髄を移し替えたのは、サーカス団からひそかに買い取っておいた、ゴリラと人間の合いの子のロロという怪物だった。

人間の脳を持つ怪獣。一目見ただけで身ぶるいを感じさせずにはおかない、まがまがしい姿をした怪獣男爵はこうして誕生したのだ。

SFに出てくるミュータントのようなおぞましい怪人に、読者もきっと戦慄（せんりつ）を覚えずにはいられなかったことだろう。

怪獣男爵の復活の目的は復讐にあった。法の裁きを受けて死刑になったことをさかうらみするこの怪人は、三人の子分を手先に使って、かれが逮捕されたときの功労者だった物理学者の小山田博士の娘美代子をさらったばかりか、八十歳を迎えた億万長者五十嵐宝作老人の祝賀会から、まんまと『日月の王冠』を奪い去ってしまう。

その上、東京都内にペスト菌をばらまこうとしたり、花火を打ち上げて、触れたら最後、皮膚に赤い斑点ができてコロリと死ぬ猛毒の薬剤を、天から霧のようにまき散らそうとしたり、とほうもない悪魔のような悪だくみを、それからそれへと実行に移そうとするのだ。

この怪獣王ゴリラ男爵をやっつけ、監禁中の龍彦や美代子を救い出すべく、警視庁の等々力警部と手をたずさえて戦う名探偵が、本書では小山田博士なのである。

むろん、活躍するのは小山田博士ばかりではない。中学三年生の息子の史郎や、小山田博士がめんどうを見ている柔道三段の大学生宇佐美恭助、それにみなし児の太ア坊という少年などが、博士を助けて大手柄をたてる。

彼ら対怪物の追いつ追われつのシーソー・ゲームが、サスペンスに富んで文字どおり息もつかせないが、本書にはいま一つ宝探しの興味もそえられている。死刑になった古柳男爵は、つかまるまでに盗みためた時価何億円もの宝石のありかを遂に白状しなかったので、その隠し場所がわからないままになっているからだった。

七つの鐘――七つの聖母――七つの箱。

その謎と取り組んだ小山田博士は、けんめいに推理を働かせて、ついに隠し場所をつきとめるのだが、解き明された真相に、読者もさぞかしあっといわされたのに違いない。とりわけ、教会の鐘の音を利用した錯覚トリックにはうならせられたはずである。

推理文壇の大御所である横溝先生は、本格派の第一人者として知られている。それだけにスリリングな物語の展開に加えて、そうしたトリッキイな道具立てが、面白さを一段と引き立てており、それも本書のたまらないみりょくの一つといえるだろう。

その意味でも、読者は二重三重の楽しさを味わったのではないだろうか。

江戸川乱歩先生といえば、怪人二十面相が有名だが、横溝先生の場合はこの怪獣男爵が、戦後まもない頃の少年少女ファンを大いに熱狂させたものだった。その要望に答えて、先生はシリーズ化を考えられ、ひきつづき「大迷宮」、「黄金の指紋」という作品を書いておられる。

「黄金の指紋」はこの一連のシリーズにも収録されているから、あわせて一読されることをおすすめせずにはいられない。

本書は、昭和五十三年十二月に小社より刊行した文庫を改版したものです。なお本文中には、黒ん坊、南方の土人、合いの子、漁師は教育がない、やぶにらみ、気ちがい、気がちがって、ルンペン、奇形人間、気ちがい病院、精神病院、精神病院だなんて～外聞があろうからねなど、今日の人権擁護の見地に照らして使うべきではない語句や不適切と思われる表現、身体的特徴に対する差別的な表現があります。しかしながら、作品全体として差別を助長する意図はなく、執筆当時の時代背景や社会世相、また著者が故人であることを考慮の上、原文のままとしました。（編集部）

怪獣男爵（かいじゅうだんしやく）

横溝正史（よこみぞせいし）

昭和53年 12月25日　初版発行
令和4年 11月25日　改版初版発行

発行者●山下直久

発行●株式会社KADOKAWA
〒102-8177　東京都千代田区富士見2-13-3
電話　0570-002-301（ナビダイヤル）

角川文庫 23412

印刷所●株式会社暁印刷
製本所●本間製本株式会社

表紙画●和田三造

ISBN 978-4-04-112916-6　C0193

◇◇◇

角川文庫発刊に際して

角川源義

　第二次世界大戦の敗北は、軍事力の敗北であった以上に、私たちの若い文化力の敗退であった。私たちの文化が戦争に対して如何に無力であり、単なるあだ花に過ぎなかったかを、私たちは身を以て体験し痛感した。西洋近代文化の摂取にとって、明治以後八十年の歳月は決して短かすぎたとは言えない。にもかかわらず、近代文化の伝統を確立し、自由な批判と柔軟な良識に富む文化層として自らを形成することに私たちは失敗して来た。そしてこれは、各層への文化の普及滲透を任務とする出版人の責任でもあった。

　一九四五年以来、私たちは再び振出しに戻り、第一歩から踏み出すことを余儀なくされた。これは大きな不幸ではあるが、反面、これまでの混沌・未熟・歪曲の中にあった我が国の文化に秩序と確たる基礎を齎らすためには絶好の機会でもある。角川書店は、このような祖国の文化的危機にあたり、微力をも顧みず再建の礎石たるべき抱負と決意とをもって出発したが、ここに創立以来の念願を果すべく角川文庫を発刊する。これまで刊行されたあらゆる全集叢書文庫類の長所と短所とを検討し、古今東西の不朽の典籍を、良心的編集のもとに、廉価に、そして書架にふさわしい美本として、多くのひとびとに提供しようとする。しかし私たちは徒らに百科全書的な知識のジレッタントを作ることを目的とせず、あくまで祖国の文化に秩序と再建への道を示し、この文庫を角川書店の栄ある事業として、今後永久に継続発展せしめ、学芸と教養との殿堂として大成せんことを期したい。多くの読書子の愛情ある忠言と支持とによって、この希望と抱負とを完遂せしめられんことを願う。

一九四九年五月三日